CUANDO SOPLA EL VIENTO

JACK BENTON

Traducido por
MARIANO BAS

OTRAS OBRAS DE JACK BENTON

AVANT-PROPOS

Traumatizado por un caso reciente, el investigador privado John «Slim» Hardy trata de llevar una nueva vida en la remota costa de Cornualles. Sin embargo, cuando una mujer del lugar lo reconoce, no puede resistir la atracción de un oscuro misterio que ha dejado una larga sombra sobre el pueblo.

Catorce años antes, un hombre del lugar, Richard Maynard, moría en circunstancias misteriosas. El único testigo fue su hija de cinco años, Ellen. Ahora, la hermana de Richard, Wendy, quiere respuestas. Pero la única persona que podría tenerlas es Ellen, ahora un espectro que acecha en los oscuros rincones de un pueblo cercano.

¿Fue asesinado Richard? Y si es así, ¿por quién?

¿Y Ellen tiene las respuestas? ¿O sólo más preguntas?

Cuando sopla el viento es un oscuro misterio de mentiras y engaños en un pueblo pequeño, y secretos que permanecen enterrados hasta la última página de esta novela de Jack Benton, el aclamado autor de *El hombre a la orilla del mar* y *El secreto del relojero*.

CUANDO SOPLA EL VIENTO

1

EL PERIÓDICO ESTABA HECHO trizas alrededor de sus pies. Se inclinó para recoger los pedazos, pero, en lugar de eso, cayó hacia delante, perdió el equilibrio y casi se desplomó sobre su cara, evitando irse completamente al suelo, gracias a una acción desesperada que demostraba que sus reflejos no le habían abandonado. Cayó sobre sus muñecas, se apoyó en manos y rodillas y luego cerró los ojos, esperando a que el mundo se detuviera.

Cuando abrió de nuevo los ojos unos segundos después, el viento había empezado a dispersar los pedazos húmedos y triturados, esparciéndolos por la cumbre del acantilado. Vio cómo unos pocos eran atrapados por la corriente ascendente de aire que venía de la orilla rocosa inferior, bailando frenéticamente como mariposas ebrias, antes de alejarse volando por encima de su cabeza, para engancharse en los espinos curvados y enredados que había a lo largo del sendero del acantilado.

—Perdón —susurró y luego trató de ponerse en pie, tambaleándose inestablemente sobre sus piernas mientras se aproximaba trémulo al borde del acantilado.

Grises olas rompientes estallaban contra la costa rocosa. El acantilado era aquí casi vertical: un pequeño paso adelante bastaría para acabar con todo, con los años de dolor y lucha, de enfrentarse a fantasmas y de luchar contra el enemigo que tenía en su interior.

Levantó su pie izquierdo unos centímetros, pero le faltó valor. No podía dar ese último paso. Tenía demasiado miedo. Por el contrario, se dio la vuelta, con el viento agitando su ropa y revolviendo su cabello, se bajó el cuello y se subió las mangas, tranquilizándose y recordándose que seguía vivo… y que tal vez, mientras viviera valdría para algo. Sintió moverse la botella que tenía en su bolsillo y, en un repentino ataque de ira, la sacó y la lanzó al acantilado con todas sus fuerzas. Voló alto, enfrentándose al viento para acabar cayendo en las agitadas olas. Las aguas se la tragaron, luego reapareció, meciéndose entre las rompientes. Las lágrimas llenaron sus ojos y supo que más tarde la buscaría por la orilla, con la esperanza de poder hallar un último sorbo del líquido ámbar en su interior.

Luego, con una última mirada amarga a las aguas, John «Slim» Hardy metió las manos en los bolsillos, sintiendo los últimos pedazos del periódico que no había desechado bajo sus ásperos dedos, se dio la vuelta y volvió, bajando por el sendero del acantilado.

Había un café solitario y pertinaz en lo alto de la playa rocosa. Slim entró, apoyándose contra la puerta mientras el viento aullante amenazaba con arrancarla de sus goznes. Un hombre calvo con un delantal manchado dejó un libro y sonrió mientras se acercaba al mostrador.

—Es usted un valiente —dijo—. Estaba pensando en

cerrar. Los días oscuros de septiembre como éste no atraen excursionistas. ¿Qué le puedo poner?

—Café —dijo Slim—. Negro. Hecho ayer, si es posible.

El hombre sonrió.

—Me queda algo de esta mañana que podría valer. Tengo que calentarlo en el microondas.

—Perfecto —dijo Slim.

Fue a una mesa junto a una ventana y se sentó a contemplar la violenta tormenta de otoño a través de un cristal cubierto de salitre. Después de unos minutos, el dueño del café le trajo su taza.

—¿Que le trae a Pentire Cove? —le preguntó, dejando la taza y el plato—. Con un tiempo así, no puedo imaginar cómo puede disfrutar, salvo que recoja restos de mareas.

—Últimamente lo he pasado mal —dijo lentamente Slim, moviendo el café con una cuchara que le había dejado el hombre, a pesar de haber ignorado los sobres plastificados de azúcar y sacarina que había en un cuenco sobre la mesa.

El hombre se quedó mirándolo un largo rato:

—¿Sabe? —dijo lentamente—, tengo un número al que puede llamar. No sería la primera persona que vaga por estos acantilados con algo que contar. Este momento del año… es culpa del clima. Cambia el ánimo de la gente.

Slim sacudió la cabeza.

—Ahora estoy bien —dijo—. Puede que no lo parezca, pero lo estoy. Por cierto, ¿no conocerá a alguien que busque la ayuda de un par de brazos? No tengo trabajo ahora mismo, pero soy más fuerte de lo que parezco y puedo reparar cosas. Estuve un tiempo en las fuerzas armadas.

—¿Sí? —El tono del hombre se había vuelto reverente—. ¿Es verdad? ¿Ha estado en batalla?

—Irak. Primera Guerra del Golfo.

—No parece tan mayor.

—¿No? —dijo Slim, incapaz de contener una sonrisa, consciente de que los años no habían pasado en balde—. No era mayor. Tenía dieciocho años.

—Bueno, cuenta con mi respeto. ¿Ha dicho que está buscando trabajo? ¿Está parado?

—Era autónomo… pero me he dado una pausa. Busco algo por un tiempo. Necesito cambiar de ambiente.

—Bueno, mi colega Tom tiene una serrería. ¿Sabe manejar un montacargas?

—Sí.

—Le voy a dar su número. Puedo llamarle yo y decírselo si quiere, para que sepa que va en serio. ¿Va en serio?

Slim asintió.

—Sí.

El hombre también asintió.

—¿Cómo se llama?

—Me llamo John, John Hardy, pero la gente me llama… John está bien. John.

—Bueno, de acuerdo, John. Le doy el número.

Mientras el hombre volvía a la cocina, Slim se volvió para mirar el mar que se agitaba, preguntándose cómo se sentiría estando bajo esas olas, en el olvido.

Mejor que ahora, quizá, pero había tomado una decisión.

Mientras levantaba el café para tomar un sorbo, en su bolsillo se movieron los últimos pedazos del periódico.

2

—Y eso es todo —dijo Tom Castle, asintiendo con la cabeza—. Necesito esa madera en el camión y que esté en Brockmills a la una en punto. ¿No puedes conducir, verdad?

—No un vehículo de cargas pesadas —dijo Slim.

Tom, con sobrepeso pero musculoso, cruzó sus brazos como troncos y se rascó distraídamente un tatuaje descolorido.

—De acuerdo, yo me encargo de eso. Tengo otro envío después de la comida, así que puedes esperar por aquí. Por cierto, necesito tu dirección y tu número de la seguridad social para pagarte.

—Esperaba que me pagaras en efectivo.

Tom frunció el ceño.

—¿Ah, sí?

—Sí. Por ahora. No tengo problemas. Solo necesito algo de tiempo para todo.

—Bueno, voy a tener que rebajarte un poco si no vas a pagar impuestos. ¿No eres un maldito policía de incognito, verdad?

Slim sacudió la cabeza.

—Sólo quiero estar un tiempo fuera del radar, eso es todo.

Tom encogió los hombros.

—Si eso es lo que quieres… Te pagaré todos los viernes después de la jornada. Sin anticipos, así que no te molestes en pedirlos. Si se rompe algo, llegas tarde, apareces borracho, pierdo medio día o tengo algún coste adicional, se acabó. ¿Entendido?

Slim asintió.

Tom se acercó dando un paso adelante.

—No eres el primer vagabundo que me manda Mick. El último cargó un camión con herramientas y se fue. No llegó muy lejos. Le dije a Mick que no quería más, pero Mick te respeta por algo. Dice que fuiste soldado.

—Lo fui hace mucho tiempo.

—¿Lo dejaste?

—Despido disciplinario. Ataqué con una navaja a un tipo que pensaba que se estaba acostando con mi mujer.

Tom arqueó una ceja.

—¿Y era así?

Slim medio encogió los hombros.

—No era él.

—Qué mal.

—Fue hace mucho tiempo.

Tom asintió lentamente mientras miraba a Slim a través de sus ojos grises y duros.

—¿Dónde te vas a quedar?

—En una caravana del camping de Pentire View.

—¿Donde Trev y Wendy? ¿En septiembre?

—Me han hecho una tarifa de temporada baja. Mick también les habló bien de mí. Pagaré todos los meses y no puedo pagar el próximo, así que necesito un trabajo.

Tom le tendió la mano y apretó la de Slim con unos

dedos de hierro que parecían lo bastante fuertes como para aplastar cemento.

—Bueno, me alegro de tenerte a bordo, John. Bienvenido al equipo.

—Gracias. No te defraudaré.

—No lo hagas. No es una buena idea.

La CARAVANA se bamboleaba con el viento como un barco pesquero meciéndose en el mar, pero a Slim le resultaba reconfortante mientras yacía en un colchón mugriento debajo de un montón de mantas, con el único radiador apagado para ahorrar los costes del contador de electricidad que funcionaba con monedas. Mantuvo encendida una única luz en el extremo de la caravana al darse cuenta de que tenía miedo a la oscuridad cuando ésta le rodeó.

Estaba allí tumbado y miraba al techo, que tenía restos de moho apresuradamente limpiados e invisibles en la penumbra. Oía la tormenta rugir en el exterior y trataba de no pensar en la niña. Y cuando lo hizo, se levantó, tomó una pequeña botella de una bolsa que había dejado junto a la puerta y bebió hasta perder el sentido.

Le dolía al despertar, y le dolía no seguir bebiendo, pero ya había pasado suficientes veces por eso como para haber creado cierto nivel de control. No le quedaba nada de bebida, lo que le ayudaba, y estaba a kilómetros de distancia de cualquier lugar donde comprar más, lo que era aún mejor. Tras esperar a que se calmara el tremor, se levantó de la cama y vomitó en el lavabo, antes de engullir tanta agua y pan duro como pudo. Luego se vistió y caminó el largo kilómetro colina arriba hasta la serrería.

Llegó cinco minutos pronto.

El trabajo era duro, pero le gustó. La dureza de las tareas básicas le obligó a concentrarse y evitó que pensara en cosa alguna, hasta que Tom dijo que era hora de comer. Cuando Slim se sentó en una silla dentro de la cabaña que hacía de zona de los trabajadores, Tom le preguntó si tenía algo para comer. Slim negó con la cabeza. Tom le ofreció media empanada de una bolsa de papel.

—Te va a costar cinco libras.

Slim se limitó a encoger los hombros, pero la cogió de todos modos.

Cuando estaba caminando a casa bajo una tenue luz, alrededor de las siete, tras haberse ofrecido a trabajar hasta tarde, estaba casi tan agotado como para no poder pensar en nada más. Su cabeza quería pensar en la niña y su cuerpo pedía más bebida, pero no le quedaban fuerzas.

Al día siguiente se levantó con la cabeza despejada y con menos temblores. Al salir de la caravana, trazó una línea, una, en el polvo junto a la puerta antes de subir la colina.

Esta vez llegó con diez minutos de adelanto.

Al final de la segunda semana, Wendy Nicolson, la amable

dueña del camping, había empezado a advertir su aspecto demacrado, y cada dos días encontraba una olla de cerámica con un estofado fuera de su puerta con una nota pegada en la parte superior, diciendo cuánto tiempo debía recalentarlo en la placa eléctrica de la caravana. Su compasión hizo llorar a Slim. Entonces, teniendo días de duro trabajo detrás y por delante de él, sentía que recuperaba su fortaleza.

Los días de entresemana fueron bien, pero el primer fin de semana fue duro. Slim solo leía cuando era necesario y la televisión de la caravana no funcionaba, así que sus opciones eran sentarse a solas con sus pensamientos o pasar el tiempo caminando por los acantilados azotados por el viento. Y allí les gustaba bailar a los fantasmas de su pasado, nunca a más de un par de pasos del olvido.

Había tirado los últimos trozos del periódico, pero sus imágenes aún lo perseguían. Los amables ojos de la niña, la inocencia incondicional, el titular condenatorio. Cuando pensaba demasiado en ello, caía en una espiral descendente que incluía una forma fetal empapada sobre la hierba, golpeada por el viento y la lluvia.

—¿Hay humedad en tu caravana? —dijo Tom una mañana.

Slim negó con la cabeza.

—Bueno, vas a necesitar tomar algo para esa tos.

—Ya se pasará.

—No puedo permitirme que no vengas. Hasta ahora lo has hecho bien. Ve a ver a un médico, o al menos a la farmacia. Tienes las dos cosas en Wadebridge.

Slim se encogió de hombros.

—Lo haré.

Esa noche llamó a la puerta de la casa de los Nicolson y les preguntó si tenían un horario de autobuses.

El sábado que terminaba su tercera semana tomó un autobús a Wadebridge, el pueblo más cercano de cierto tamaño. Compró una medicina, aunque en realidad su tos empezaba a remitir. También compró leche en polvo, varias bolsas de pasta y algo de comida preparada deshidratada, el tipo de alimentos que aliviarían su necesidad de volver a acercarse a la civilización durante el mayor tiempo posible.

Estuvo de pie durante mucho tiempo frente al pasillo de las bebidas alcohólicas, con el estómago revuelto, sus dedos apretando y aflojando el asa de su cesta, antes de obligarse a sí mismo a irse.

Ese domingo el cielo estaba despejado. Paseó por la playa de guijarros de Pentire Cove, pero, aunque encontró restos rotos de varias botellas, no halló la que había arrojado.

Por la tarde, se detuvo en el café de lo alto de la playa, donde Mick se sorprendió al verlo. Le sirvió a Slim un café tan granulado y espeso que sabía a gloria, y le dijo a Slim cuánto lo había elogiado Tom.

—Me agradeció que no le enviara otro fracasado —dijo.

—No me conoce demasiado bien —replicó Slim.

—¿Estás pensando en quedarte aquí un tiempo?

—Voy día a día.

—Pareces un hombre bueno para jugar a dardos —dijo Mick—. La liga local empieza el mes que viene. En Headland siempre nos falta un par de jugadores.

—Lo pensaré —dijo Slim, preguntándose por qué el

mundo continuaba tirando de él cuando se esforzaba tanto por rechazarlo.

—No te he visto allí.

—Yo… trato de no beber.

Mick asintió.

—Lo suponía. ¿Estás en algún… programa?

—Solo en el mío.

Slim pensó en las líneas sobre la suciedad de la puerta de la caravana. Veinte. No era un récord, pero era un comienzo. Se permitió una breve sonrisa.

—Bueno, te deseo suerte.

—Gracias.

Mick se quedó mirándolo un momento más y luego inclinó ligeramente la cabeza, un gesto que podía significar cualquier cosa.

4

Slim no hizo nada para celebrar un mes de líneas marcadas en la suciedad. Trelee, un pequeño pueblo en lo alto de una colina no muy lejos de la serrería de Tom, tenía una tienda que abría hasta las siete. Podía comprar allí lo que necesitaba, para evitar así ir a Wadebridge. Aún no se atrevía a comprar un periódico, aunque a estas alturas la historia de la niña sería una noticia olvidada: el mundo seguía adelante.

Estaba revisando sus pocas pertenencias un miércoles lluvioso después del trabajo, buscando el adaptador para la afeitadora eléctrica que no había usado en semanas, cuando se encontró con su viejo Nokia. Reposaba en su mano como un ladrillo indestructible, rayado y gastado, con los números casi ilegibles. Una reliquia de tiempos pasados. Lo miró fijamente, dudando. Había permanecido apagado durante las últimas cinco semanas.

Su dedo se cernió sobre el botón de ON, pero al final no pudo hacerlo y lo volvió a dejar en el fondo de la bolsa.

Estaba pensando en hacer un café, tras no encontrar lo que buscaba, cuando alguien llamó a la puerta de la caravana.

—Soy Wendy —dijo una voz apagada.

—Un momento.

Abrió la puerta y la encontró al pie de las escaleras, mirándolo. Llevaba un paraguas apoyado en su hombro y algunas gotas de lluvia salpicaban su superficie de plástico. Bajo un brazo llevaba un cuenco de cerámica.

No quería invitarla a entrar, pero sintió que no tenía otra opción, con la lluvia y todo eso. Dio un paso atrás cuando ella subió los escalones, preocupado por el olor de las entrañas de la caravana, pero afortunadamente dejó la puerta abierta, dejando entrar una brisa húmeda.

—Es solo un potaje —dijo, dejando el cuenco sobre la superficie más cercana. Había dejado en los escalones el paraguas medio doblado.

—Gracias —dijo—. No es necesario, pero se lo agradezco.

—No es nada.

Ella se encogió de hombros, aparentemente reacia a irse. Slim se preguntó por su edad. Tal vez sesenta, o un poco más. Estaba casada, pero, aunque no lo hubiera estado, sería demasiado mayor incluso para alguien tan desesperado como Slim. Sin embargo, parecía tener otra razón para quedarse mientras miraba alrededor del interior de la caravana.

—¿Va todo bien? —dijo por fin, pero Slim pudo darse cuenta de que era una pregunta sólo para seguir ahí hasta reunir el valor para revelar lo que realmente quería preguntar.

—Todo va bien —dijo—. Gracias.

—¿Tiene pensado quedarse hasta después de Navidad?

Otra pregunta para ganar tiempo. Slim se limitó a encoger los hombros.

—En realidad no pienso más allá de un mes o dos en adelante, pero es muy probable.

—¿No tiene familia con la que pasar las fiestas?

—No. —Volvió a encogerse de hombros para suavizar la respuesta—. No me van las fiestas ni esas cosas.

—Oh, vaya. —Wendy volvió a mirar a su alrededor—. Supongo que debo dejarlo.

—¿Está segura de que quiere irse?

Su antigua y odiosa vocación de investigador había reaparecido. Podría no haber dicho nada, dejar que se marchara en la oscuridad recorriendo el par de cientos de metros del camino de grava hasta su casa a la entrada del camping, igual que los había recorrido cientos de veces, pero tampoco quería que su breve contacto terminara demasiado pronto. Quería saber la razón real de su visita.

Ella inclinó su cabeza un momento, apartando la vista.

—No, está bien. —Pero no se movió.

Slim esperó. Wendy se movió, se aclaró la garganta y se armó de valor para hablar.

—Ah… Señor Hardy. Sé quién es usted. —Ni siquiera había pensado en ocultar su nombre. Aun así, que su modesta fama se hubiera llegado a Cornualles resultaba una sorpresa—. Usted es Slim Hardy, el detective.

Slim dejó escapar un lento suspiro.

—Lo era. Me retiré después de mi último caso.

—He oído hablar de…

—Por favor. —Levantó una mano—. No quiero hablar de ello.

—No. Estoy segura de que fue… duro.

Duro no llegaba ni a empezar a describirlo. Slim asintió lentamente.

—Sí. Por eso… me fui.

Wendy asintió.

—Oh. Es que me preguntaba… Quería preguntarle…

Aquí venía. Ya era inevitable.

—¿Sí?

—Quería preguntarle… si me podría ayudar. Verá, mi hermano… murió. Fue hace unos años, pero no se sabe con seguridad qué pasó. Y mi pobre sobrina quedó destrozada. Si pudiera ayudarla a pasar página… sería maravilloso. Sinceramente, es poca cosa.

Slim suspiró. Y así se dio cuenta de que se puede apartar al hombre del trabajo de detective, pero no se puede sacar el trabajo de detective del hombre. Y después de haber estado cerca de la destrucción esa última vez, había vuelto para otro intento.

—¿Por qué no se sienta? —dijo—. No querría dejar que se enfriara este potaje. Buscaré un par de platos y luego me cuenta. Oh, y es mejor que cierre la puerta antes de que muramos de frío.

5

Debajo del castaño. Slim se miró los pies, mirando los restos cubiertos de mantillo de las hojas caídas del gran árbol que se alzaba sobre su cabeza, y luego las ramas extendidas, ahora casi sin hojas. Pasó un pie por la hierba, en busca de castañas pilongas, pero los niños locales o, dada la temporada, probablemente las ardillas se las habían quedado.

Justo a la izquierda de la raíz sobresaliente, donde el suelo era ligeramente más plano que en el resto del parque, dos pasos delante de un banco de piedra, estaba el lugar exacto donde había muerto Richard Maynard, un trabajador forestal municipal y residente en el número 6 de Pearl Lane, en Trelee.

Había dejado una esposa, Margaret, y dos hijas, Ellen y Sarah, que ahora tenían diecinueve y veintitrés años respectivamente.

Ellen, que entonces sólo tenía cinco años, había descubierto su cuerpo, cubierto por un montón de hojas.

Aunque «descubierto» no era la palabra exacta. Según Wendy Nicolson, la hermana mayor de Richard, éste había estado jugando al escondite con su hija menor, Ellen. Con las hojas de castaño caídas acumuladas en montones grandes y crujientes, Richard se había tumbado voluntariamente y había permitido que lo enterrara. Tras cubrirlo con las hojas, Ellen había esperado a que su padre saliera de la pila y la buscara por el parque.

En cambio, había muerto inesperadamente en aquel lugar.

Slim se agachó y pasó una mano por la hierba. Fría, todavía húmeda por un chubasco de esa misma tarde, no dejaba de ser hierba. Era imposible saber que un hombre había muerto allí hacía casi exactamente catorce años antes.

Una farola parpadeaba cerca de la entrada al parque. En el otro extremo, otra hacía lo mismo. Slim, en cuclillas en el lugar donde convergían sus círculos gemelos de luz, se estremeció.

No tenía la intención de venir aquí. Caminando en la penumbra a casa desde el trabajo, no había planeado desviarse setecientos metros hacia el diminuto pueblo para llegar a ese lugar, en una sección vallada de la parte inferior de un terreno que daba a la parte trasera del ayuntamiento, en lo alto de una suave ladera. Había escuchado la historia de Wendy y le había dicho que lo pensaría, pero ahora, mientras frotaba una brizna de hierba entre los dedos, se encontraba tan obsesionado como intrigado.

Mientras caía la oscuridad, caminó de regreso por un sendero que bordeaba el campo, saliendo por una puerta cercana al ayuntamiento. Desde allí, dio un breve paseo por el diminuto centro de Trelee, pasando por delante de la tienda cerrada y el pub Headland, a lo largo de una hilera de casas y volviendo por otra, serpenteando a través de un grupo de unas treinta viviendas que formaban una pequeña urbanización. A poca distancia del camino había una iglesia parroquial en un llano justo en la cima de la colina, rodeada por un cementerio cubierto de maleza. Delante había un pequeño espacio en el que cabría media docena de coches. Durante el día, desde una puerta al lado del ayuntamiento, había una agradable vista del valle hasta un triángulo de mar. Por el contrario, por la noche no se veía nada más allá del círculo de luces de las farolas.

Pearl Lane era una de las calles que partía de ese espacio. Su puñado de casas se desvanecía a un centenar de metros mientras ascendía suavemente la colina hasta una elevación coronada por un grupo de árboles, con un roble mucho más grande que el resto, antes de dirigirse tierra adentro. En su camino de regreso a la plaza, Slim se detuvo brevemente al pasar por el número 6, donde todavía vivía la viuda de Richard, Margaret. Wendy le había advertido que se abstuviera de contactar con ella, ya que, por lo que se veía, Margaret había seguido con su vida, pero un segundo vehículo estacionado junto al Metro verde oxidado de Margaret lo habría disuadido de todos modos.

Era una furgoneta Ford Transit azul, propiedad de Tom Castle, el nuevo jefe de Slim.

6

¿QUIÉN HABÍA SIDO RICHARD MAYNARD?

Para entender su muerte, Slim necesitaba comprender la vida de ese hombre. Un par de días después de visitar el parque donde había muerto Richard, Slim llamó a la puerta de Wendy, supuestamente para devolverle una cacerola, pero cuando la conversación superó el mal tiempo y los problemas con la caravana, reveló el verdadero motivo de su visita al pedirle ver algunas fotos de Richard, si tenía alguna.

Wendy le hizo pasar encantada, y lo condujo a una sala de estar pequeña y abarrotada donde un hombre calvo y desaliñado estaba sentado en un sillón hundido, vestido con lo que parecía ser un pijama. Se estaba emitiendo un concurso inocuo en la televisión, una gran pantalla plana que probablemente había costado más que el resto del contenido de la habitación combinado.

—¿Éste es el último vagabundo? —dijo el hombre a Wendy, echando a Slim sólo un vistazo superficial.

Slim no dijo nada. Wendy agitó una mano hacia el

hombre mientras se arrodillaba para hurgar en un aparador junto a un raído sofá beige.

—Sé amable, Trevor. Es Slim Hardy. Un detective famoso.

—No tan famoso, y retirado sería más apropiado —dijo Slim.

—Bueno, seas quien seas, no dejes que te llene la cabeza de sospechas absurdas —dijo Trevor, mirando la televisión como si ya se hubiera cansado de la conversación—. La lluvia y el viento le nublan la mente.

—Aquí está —dijo Wendy, sacando una caja y poniéndose en pie—. Vamos a la cocina, ¿de acuerdo? —Hizo su comentario dirigiéndose a Trevor, que había vuelto la mirada hacia la televisión y estaba claro que no tenía nada más que decir. Wendy pasó junto a Slim y él la siguió por un pasillo angosto hasta una cocina que, aunque no estaba menos abarrotada, era al menos un poco más tranquila.

—Cree que me lo estoy inventando —dijo Wendy, cerrando la puerta de la cocina y dejando la caja sobre la encimera—. Cree lo mismo que todos, lo que decían los informes, que sólo fue un infarto. Yo sé que no. Estaba sano y era aún joven.

Slim no dijo nada. Ahora mismo, estaba del lado de Trevor, al ser el estilo de vida moderno y los problemas de salud los que eran. Sin embargo, sonrió cuando Wendy sacó de la caja un puñado de fotografías apiladas desordenadamente. Mientras ella las extendía sobre la mesa, vio que mostraban diversas situaciones, desde reuniones familiares hasta vacaciones, cumpleaños y navidades. Al ver la casa, Slim entendió que Wendy y Trevor tenían dos hijos adultos, chico y chica. La hija tenía sus propios hijos: la cantidad de retratos de dos niños sonrientes vestidos con un uniforme escolar azul brillante era testimonio del hecho de que Wendy al menos era una orgullosa abuela.

—Aquí estamos —dijo Wendy, juntando varias fotos—. Este es Richard con la familia, seis meses antes de morir.

Un hombre guapo y con poco pelo sonreía a la cámara mientras se inclinaba sobre un tajo, con un hacha en la mano. Agradable, despreocupado, relajado. Wendy sacó más fotos del mismo hombre con dos niñas a su lado y una playa al fondo. Una con su esposa, ambos sonriendo. Otra con una niña pequeña sobre sus hombros, que Slim supuso que era Ellen. Richard levantaba los brazos de Ellen como si estuviera mostrando un trofeo.

—¿Ve lo que yo veo? —preguntó Wendy.

Slim asintió.

—Parece feliz.

Wendy asintió como si esa fuera la respuesta que esperaba.

—Luego están éstas —dijo—. Todas tomadas en los tres meses antes de morir.

Las imágenes eran las mismas: fotos de familia, retratos con sus niñas y su esposa. Sin embargo, había una clara diferencia. En todas las fotos Richard estaba serio, mirando atentamente a la cámara, como si esperara a que acabaran de una vez.

—Nunca te habrías dado cuenta al hablar con él —dijo Wendy—. Siempre era el mismo delante de ti, alegre y bonachón, pero la imagen es el espejo del alma, ¿no?

Pensando en el desaliñado Trevor, Slim sospechó que, lejos de ser la diestra maestra de los guisos que él conocía, Wendy se había casado muy por debajo de su potencial.

—Eso es lo que dicen —dijo.

—Murió con una sonrisa en la cara —dijo Wendy—. Como si se hubiera acabado su tormento.

—Es posible que supiera que algo iba mal —dijo Slim—. Algo que mantuvo en secreto.

Wendy encogió los hombros.

—Yo también pensé eso al principio. Era una persona callada, incluso de niño. Pero luego descubrí esto.

Sacó otra fotografía, ésta envuelta en una carpeta de plástico, como si fuera esencial protegerla. Richard estaba de pie en primer plano con sus dos hijas, una a cada lado. Detrás de ellos, una carretera estrecha giraba a la izquierda, pasaba junto a un árbol y luego se perdía de vista sobre la cima de la colina.

—Está hecha fuera de su casa de Pearl Lane —dijo Wendy, mientras Slim asentía, reconociendo la calle por la que había caminado en sus paseos por el pueblo—. Su casa está detrás de la persona de la cámara.

—Parece igual que en el resto —dijo Slim—. Que está triste.

—No es eso —dijo Wendy—. Fíjese en ese árbol grande del fondo. —Lo señaló, pero Slim ya lo había visto. Un escalofrío le recorrió la espalda.

—Hay alguien allí —dijo—. Sentado en las ramas más bajas. Observándolos.

Aunque la fotografía tenía demasiado grano como para asegurarlo, la persona sentada en el árbol parecía estar sosteniendo unos binoculares y mirando en dirección a Richard. Según Wendy, la opinión de Trevor siempre había sido que «es un niño o un observador de aves». Después de superar su conmoción inicial, Slim se inclinaba a estar de acuerdo con Trevor, pero tenía que admitir que la foto era un poco espeluznante. Sin embargo Wendy estaba convencida de que la figura tenía alguna conexión con la muerte posterior de su hermano.

—No puedo explicarlo —contó a Slim una y otra vez—. Es solo que hay algo en esa persona… algo que está mal.

Ahora, mientras Slim estaba en pie junto al árbol en cuestión, un gran roble cuyas ramas inferiores eran adecuadas para trepar, se veía más inclinado hacia la opinión de Wendy. Había playas cercanas y vistas desde lo alto de los acantilados, mientras que el estuario del río Camel y sus humedales quedaban a solo unos pocos kilómetros al sur. Con solo un camino y un terreno inclinado sobre el seto a la vista, la única razón concebible para estar en el árbol con un par de binoculares era espiar a alguien que vivía en una de las casas cercanas.

Wendy había prometido buscar el negativo de la foto, si es que aún lo tenía. Slim no podía saber si se podría identificar a la persona. La imagen era tan borrosa que la primera vez apenas había visto la misteriosa figura que observaba, pero conocía a personas que tenían habilidades en esas cosas.

Solo tenía que encender su teléfono.

Slim esperó, con las manos en los bolsillos, tratando de mantenerlas calientes para la tarea que tenía entre manos. Entonces, justo cuando el sol asomaba por el horizonte, llenando de color las ramas desnudas del árbol, Slim se agarró de las ramas inferiores y se arrastró hasta donde habría estado sentada la figura.

Una rama inferior, gruesa y curva, constituía un asiento decente, y otra que sobresalía a la altura del hombro a su izquierda resultaba útil para sostenerse. Luego, con el sol detrás de él, haciéndolo invisible para cualquiera que mirara por casualidad, miró hacia la hilera de casas de Pearl Lane.

Ocho en total, cuatro a cada lado, antes de que la calle se abriera en la plaza del diminuto pueblo, con la iglesia y su campanario apenas visibles a través de los árboles que la rodeaban. Todo espaciado con extensos jardines, algunos divididos por portones de entrada. De las cuatro en el lado par, tres tenían setos altos que ocultaban todo menos los tragaluces de los desvanes. La segunda casa, ubicada más abajo en un camino de entrada, estaba escondida detrás de la tercera.

La tercera casa pertenecía a Margaret Maynard.

Un seto de aligustre, deformado por el viento del mar,

ocultaba el jardín delantero, pero se veían dos ventanas en el piso superior, una al frente y otra al costado.

Slim se agarró a la rama que sobresalía y se dejó caer.

Estaba oficialmente interesado. Sin embargo, ya no trabajaba por dinero y necesitaba su nuevo trabajo para mantenerse. A regañadientes, metiendo las manos en los bolsillos, comenzó una larga caminata hacia la serrería de Tom Castle.

8

———

TOMAR un autobús a Truro el siguiente sábado por la mañana fue la mayor incursión de Slim en la civilización desde hacía tiempo. Allí, se dirigió a la oficina del forense y solicitó una copia del informe del patólogo sobre la muerte de Richard Maynard.

Una breve autopsia no encontró nada sospechoso, ninguna señal de intervención. Su muerte había sido catalogada como *fallo cardíaco /causas naturales*.

Slim frunció el ceño. No era imposible, pero Richard sólo tenía cuarenta años en el momento de su muerte. En las fotos que había visto, Richard parecía saludable y en forma. Según Wendy, iba al trabajo todos los días caminando, sólo tomaba alguna pinta de vez en cuando y prefería la comida sana y verde. Por supuesto, su opinión estaba sesgada y buscaba razones para dudar del relato oficial, pero la evidencia visual se inclinaba hacia su lado.

No podía hacer preguntas sin levantar sospechas. Y si insistía demasiado, alguien podría darse cuenta.

Por la noche, con la lluvia golpeando las ventanas de la

caravana y el viento meciéndola en su soporte, con los ladrillos colocados para sujetarla en su lugar chirriando por el roce, se acostó en su cama y miró su teléfono, deseando que se encendiera por su propia voluntad para ahorrarle la decisión.

La lluvia mojaba la suciedad que había junto a la puerta. Slim había caído y tuvo que volver a empezar, volvió a caer y otra vez empezó de nuevo.

Tenía tres líneas en una zona diferente de mugre, debajo de una ventana donde no llegaba la lluvia, cuando finalmente reunió el valor para recargar y encender su teléfono.

Su buzón de voz estaba lleno, pero eso no significaba nada. Nueve llamadas perdidas. En tres meses, sólo nueve. Revisó los números: tres le eran desconocidos, cuatro provenían de su amigo Kay Skelton, un lingüista forense al que Slim conoció durante sus días en el ejército. Los otros dos eran de la madre de Emma.

Cerró los ojos con fuerza, apretando los dientes: no podía volver a escuchar la primera llamada o se vendría abajo, y no se atrevía a escuchar la segunda, por si era peor, por si le recordaba su fracaso.

Teniendo cuidado sobre qué mensaje seleccionar, escuchó el mensaje más reciente que le había dejado Kay, hacía apenas dos semanas.

—Slim, colega, vamos, ponte en contacto conmigo. Sé que todavía estás por ahí, porque si hubieras hecho algo estúpido, ya estarías en todos los periódicos. Llámame y dime que estás bien.

Significaba mucho saber que había una persona a la que le importaba. Slim no tenía miedo a nadie ni a nada, pero el mensaje de Kay fue suficiente para evitar que volviera a caminar explorando los acantilados. El mensaje de la madre de Emma, sin embargo, lo aplastaría, aunque ya supiera cada sílaba, grabada como una marca de ganado en su cerebro.

Con dedos temblorosos, llamó al número de Kay.

—¿Hola?

—Hola, Kay.

—Dios mío. Slim, ¿eres tú?

—Soy yo.

—¿Dónde te has metido? ¿Cómo estás? Oí lo que pasó…

—Por favor. No quiero hablar de eso. Necesitaba tiempo. Estoy en Cornualles. Estoy realizando una investigación…

—¿Estás trabajando en un caso?

—Es demasiado pronto para decirlo. — Slim trató de reír, pero lo que articuló se parecía más a un sollozo—. Cuando estás en el negocio, son ellos los que te encuentran, ¿no? — Respiró hondo, recomponiéndose—. Trataba de pasar desapercibido, pero alguien acudió a mí. Y... bueno, supongo que yo lo necesitaba. Era eso o… no sé.

—Sabes que te ayudaré en todo lo que pueda.

—Gracias. No estoy seguro de a dónde llevará esto, pero solo quería darte las gracias. Gracias por pensar en mí.

— Una vez hermanos de armas, siempre hermanos — dijo Kay—. Cuídate, Slim.

—Y tú.

Slim colgó. Miró el teléfono un rato más y luego lo apagó.

Tan pronto como se apagó la pantalla, dejó escapar un largo suspiro. Había sido como escalar una montaña. Había otras, algunas inaccesibles, pero tenía que empezar por alguna parte.

El tiempo y las tempranas puestas de sol hacían

parecer mucho más tarde de lo que era, pero apenas eran las siete. Un hombre valiente todavía podría recorrer un kilómetro cuesta arriba hasta el pub Headland, pero Slim no se sentía valiente. En su lugar, encendió la máquina de café que había comprado en Truro y la llenó con agua de una botella.

Mientras la oía escupir y sisear, pensó en la conversación que había tenido el día anterior con Wendy.

—¿Puedes decirme qué crees que pasó?

—No lo sé con seguridad…

—No necesitamos pruebas. Tus teorías. Tus sospechas.

—Bueno, está Tom Castle. Siempre ha sido algo taimado, ¿sabes?

En las seis semanas que llevaba trabajando para Tom, Slim había encontrado al hombre duro, pero justo. No abusaba, pagaba lo que debía y decía lo que pensaba. En muchos sentidos, era una novedad.

—¿Cuánto tiempo después de la muerte de Richard comenzaron a verse Tom y Margaret?

—Oh, sólo unos pocos meses. No se mudó allí durante un par de años porque tenía su propia casa, pero algunos ya lo sospechábamos de todos modos.

—¿Cuando Richard aún vivía?

—Sí. Fueron novios de jóvenes, al fin y al cabo.

—¿Tom y Margaret?

—Sí. Durante el bachillerato. Pero rompieron y después Margaret se emparejó con Richard. Entonces nuestra familia tenía mucho más dinero, ¿sabes?

—¿Crees que Margaret era una… cazafortunas?

—Y tanto. Se crio en una vivienda social en lo alto de

la colina. Era guapa, pero poco más. Su madre era una fresca, siempre en el pub, y su padrastro… bueno, algunos decían que pasaban cosas raras dentro de su casa, ¿entiendes a qué me refiero?

Slim no decía nada. Wendy estaba lanzada y, aunque no tenía mucho más que especulaciones y chismes de café matinal para continuar, eso le ayudaba a conseguir un poco de trasfondo, aunque tendría que comprobar muchos hechos para descubrir qué era verdad.

—Una vez que echó el ojo a Richard, estuvo perdido —continuó Wendy—. Margaret Chamberlain es como una araña. Una de esas viudas negras.

—¿Chamberlain? ¿Ese era su apellido de soltera? —Slim lo apuntó tras asentir Wendy.

—Lo usa de nuevo ahora, aunque técnicamente sigue siendo Maynard. —Wendy se estremeció y sacudió la cabeza—. En todo caso, hace unos veinte años, más o menos un año antes de que naciera Ellen, Tom empezó a ganar dinero. Nadie sabe cuánto, pero estaba trabajando en la serrería y le compró el negocio a su antiguo jefe. Fue la comidilla del pueblo durante un tiempo, y la gente empezó a verlo junto a Margaret, a espaldas de Richard.

—Imagino que, en un lugar como este, se corrió la voz.

Wendy asintió convencida.

—Oh, sí. Todo el mundo lo sospechaba, salvo el pobre Richard. Y eso es lo que creo que le borró la sonrisa: se acabó enterando.

— ¿Y crees que de alguna manera se suicidó?

Wendy miró fijamente a Slim como si estuviera loco.

— Por Dios, no ¡Ni por un segundo! Nunca le habría hecho eso a sus niñas. Ellen tenía solo cinco años en ese momento, Sarah nueve. Las adoraba.

—¿Entonces se le rompió el corazón? —Sonaba

estúpido decirlo, pero estaba apelando al sentido del melodrama de Wendy.

—Oh, no. ¿Sabes lo que pienso? Que fue ella. Margaret. Ella lo envenenó. Después de todo, todos sabemos que tenía los medios.

9

—DON, soy yo.

—¿Slim? —Hubo una larga pausa y luego Donald Lane, un viejo amigo del ejército de Slim, que ahora dirigía una agencia de inteligencia en Londres, rio entre dientes—. Bueno, tendría que decir algo sobre dicha y ojos, pero sólo sería un cumplido. ¿Cómo estás? ¿Estás trabajando en otro caso?

—Puede ser. Necesito averiguar los antecedentes de una mujer con el apellido de soltera Margaret Chamberlain. El nombre de casada es Maynard, pero es viuda desde hace catorce años.

—Entiendo. ¿Y crees que se deshizo de su marido?

Slim se rio ante el intento de broma de Don.

—Es posible. Me han dicho que trabaja a tiempo parcial en una empresa local llamada Lindtek Ltd. Cualquier cosa que puedas averiguar sobre su trabajo sería genial. En concreto, si tiene acceso a algo que pueda usarse como veneno.

—Vale. Te llamo en un par de días.

Al saber lo que había hecho, a Slim le resultaba imposible escuchar los aburridos monólogos de Tom Castle sin estudiar al hombre, dejando que las palabras de Tom resbalaran sobre él como un viento creciente mientras sus ojos intentaban memorizar cada detalle. Sus cejas se hundían en el centro para separarse en una pequeña sección depilada: el toque de una mujer. Sus ojos eran grises y carecían de inteligencia, sus mejillas estaban moteadas con cicatrices de acné y su sólida mandíbula tenía una cicatriz delgada en el lado izquierdo que se curvaba hacia su cuello antes de desvanecerse. Por la experiencia de Slim en peleas de pub, parecía una herida hecha con una botella, pero se había desgastado mucho, así que debía tener veinticinco años, por lo menos.

Con sus ojos vacuos, su cara curtida y su evidente falta de humor o ingenio, no resultaba atractivo, hasta el punto en que a Slim le resultaba difícil creer que alguna mujer pudiera haberlo preferido físicamente a Richard Maynard. Sin embargo, del cuello para abajo, Tom era sólido y musculoso y ofrecía el tipo de rudeza que algunas mujeres podrían desear a escondidas. Vestía vaqueros rotos, una camisa salpicada de pintura y manchas de laca, llevaba en la mano derecha un anillo de sello feo, pero posiblemente caro, y se peinaba el cabello con fijador Brylcreem. Su olor a madera provenía de una loción para después del afeitado que probablemente compraba en Tesco. Como hombre que había sido atractivo como caso de caridad en un par de ocasiones, Slim podía entender por qué podría haberlo aceptado una mujer desesperada.

—Esta noche vamos unos cuantos al pub —dijo Tom, casi de pasada mientras guardaba su fiambrera—. ¿Puedo convencerte por fin para que salgas?

No había forma de que Slim pudiera estar en presencia de esos hombres sin tomar algo, y una vez que entrara en ese lugar oscuro, no sería capaz de detenerse. Estaba lo suficientemente intrigado por lo que decía Wendy como para querer llevar la investigación adelante, y ser parte del círculo íntimo de Tom ayudaría, pero los riesgos... sacudió la cabeza.

—El doctor dijo que me despidiera —dijo, tratando de adoptar una postura amistosa con la que Tom pudiera identificarse—. Cree que corro el riesgo de tener una úlcera intestinal.

—Ah, qué mal. ¿Sabes jugar al *snooker*?

—No muy bien, pero sé cómo sostener el taco.

El rostro de Tom se iluminó.

—Ven al club de billar el sábado. Está en la parte de debajo de aquel edificio. Sólo cuesta diez libras al año, más las monedas para el contador de la luz. Tenemos partido en casa contra Wadebridge y un par de los jugadores habituales tienen que trabajar.

—No sé si soy tan bueno…

Tom rio.

—Solo vamos a divertirnos. Mi *break* más alto es de veinticinco. Y fue de churro.

—Veré lo que puedo hacer.

—Tendrías que venir. —Tom rio entre dientes—. El invierno es demasiado largo tan cerca del mar. No puedes esconderte eternamente en esa caravana. Me imagino que la vieja Wendy te debe estar volviendo loco.

Encogió los hombros.

—Apenas la veo —mintió.

—Tal vez sea lo mejor. —Tom miró hacia la ventana como si le preocupara que alguien pudiera estar mirando y luego se llevó un dedo a la oreja. Su anillo de sello brilló al mover los dedos y Slim se dio cuenta de que estaba suelto y mal ajustado, como si estuviera hecho para manos mucho más grandes.

—Está un poco loca. Creo que su mente se ha reblandecido en ese valle. Y Trev es un inútil. —Volvió a reírse entre dientes—. Yo me aseguraría de que la puerta estuviera bien cerrada por las noches.

Antes de que Slim pudiera responder, Tom se golpeó sus rodillas y se puso de pie.

—Bueno. De vuelta al trabajo. Esa madera no se va a mover sola. Entonces, ¿vienes a jugar este sábado? Tengo que decírselo a los chicos por si otro está también buscando.

Slim hizo una brevísima pausa mientras consideraba sus opciones. Existía la posibilidad de que lo reconocieran, aunque dudaba que alguno de los trabajadores de estos lugares le gustara los documentales sobre crímenes reales. Luego estaba la proximidad al alcohol, pero solo tendría que usar las reservas de su determinación. Era posible que nunca tuviera una oportunidad mejor de entrar en el círculo íntimo de Tom Castle.

—Voy —dijo.

10

Slim estaba mirando su teléfono, con la lluvia golpeando el techo de la caravana como un implacable redoble de tambor, cuando zumbó en su mano, haciendo que gritara por la sorpresa y se le cayera al suelo. Sin embargo, cuando Slim se apresuró a atenderla, en lugar de una llamada de ultratumba reconoció el número de Donald Lane.

—¿Don?

—Hola Slim. ¿Estás bien? Pareces un poco nervioso.

—Es el tiempo —dijo Slim—. Creo que aquí nunca deja de llover. ¿Tienes algo para mí?

—Sí, no estoy seguro de qué, pero podría ser importante.

—Dime.

—Me dijiste que Margaret Maynard trabaja en Lindtek Ltd. Bueno, no había mucho en línea, pero ya sabes, tengo mis métodos… Resulta que es una pequeña empresa de cosmética, dedicada principalmente a la investigación. Margaret trabaja allí a tiempo parcial, tres días a la semana. Por lo que he podido averiguar, se dedica a probar champús, tintes para el cabello, ese tipo de cosas.

—¿Son éticos o… trabajan con animales?

— Oh, son éticos por lo que he podido ver. La empresa puso fin a las pruebas con animales a principios de los noventa. Al menos oficialmente. Sin embargo, Margaret ha estado allí desde que salió de la escuela, por lo que podría haber coincidido con el final de esa política. No parece querer decir nada, salvo que podría haber endurecido algo su carácter.

—Estaba pensando que hizo una extraña elección para ser la esposa para un hombre dedicado en la silvicultura.

—Ah, pero esos lugares exigían secreto. Es posible que él nunca lo supiera. —Don carraspeó—. Sin embargo, eso es discutible. Lo que quiero decir es que es muy poco probable que tuviera acceso al tipo de productos químicos que podrían resultar venenosos. No en cantidades lo suficientemente fuertes, en cualquier caso. Podría haber sido capaz de causar una erupción, pero sin duda no mataría a nadie.

—¿Así que es un callejón sin salida?

—No del todo. He investigado un poco por mi cuenta. Esto te va a gustar.

—¿Qué es?

—Me dijiste que el informe de la autopsia de Richard consideraba su muerte como paro cardiaco o causas naturales. Pensé que era demasiado breve, así que conseguí una copia del informe y luego investigué un poco y... ya sabes cómo va esto. —Don rio como si le divirtiera—. El patólogo que escribió el informe, Frank Davis… era como si hubiera reiniciado de alguna manera su carrera. Eché un vistazo a su historial y descubrí que comenzó bastante tarde, con bastante más de treinta años. Así que investigué un poco más y descubrí que después de graduarse como patólogo, abandonó el trabajo después de completar su período de residencia y se convirtió en maestro de escuela.

—Un extraño cambio de carrera.

—Bastante. Me dije lo mismo. Descubrí ciertos rumores y parece que tuvo problemas personales. Estrés, depresión, ese tipo de cosas. Lo más probable es que le costara ejercer un trabajo con tanta presión y optara por algo menos intenso. Se convirtió en profesor de ciencias de instituto, pero lo dejó de repente después de solo un par de años, con treinta y cinco, en 1987. Su madre murió poco después y eso parece haberle empujado a reanudar su carrera anterior. Se recalificó como patólogo en 1992 y trabajó en eso hasta jubilarse en 2017.

Slim no dijo nada durante unos segundos. Pero podía notar a Don esperando al otro lado de la línea, con más revelaciones.

—¿Lo quieres, Slim?

—¿El qué?

Don volvió a reírse.

—El remate. Es muy bueno, créeme.

—Oigámoslo.

—Davis era un chico de la zona, de Camborne, y allí se quedó. Durante su tiempo como profesor de ciencias, estuvo enseñando en el instituto de Wadebridge.

—Wadebridge…

—El mismo instituto en el que estudió Margaret Chamberlain de 1983 hasta 1987, cuando dejó de repente los estudios a los quince años.

—¿Los dejó? ¿Por qué?

El viento silbaba a través de los agujeros de los burletes de las ventanas y la lluvia continuaba con su implacable tamborileo. Don carraspeó.

—Bueno, según ciertos rumores que he descubierto… Margaret estaba embarazada.

11

Slim necesitaba más información sobre Margaret antes de poder considerarla sospechosa de la muerte de su esposo. La cadena de supuestos era fácil de enlazar: Frank Davis, maestro de Margaret, la había dejado embarazada, lo que provocó que ésta abandonara la escuela, antes de que él mismo dejara la profesión para evitar un escándalo y, más tarde, después de que se hubiera disipado la nube de sospechas, volvió a formarse como patólogo. Veinte años más tarde Margaret le había presionado con los hechos pasados para encubrir lo que le había hecho a Richard, antes de traer de vuelta a su vida a Tom (que ahora vive estupendamente gracias a su fortuna misteriosamente adquirida).

Todo encajaba, pero no había la más mínima prueba, más allá de habladurías y rumores. Un drama televisivo perfecto, pero inútil en el mundo real.

Wendy, con guisos que llegaban tan rápido que a Slim no le daba tiempo a comerlos, le reclamaba constantemente noticias, pero Slim necesitaba más tiempo.

—Las niñas —preguntó una tarde fría cuando,

afortunadamente, la lluvia había parado, pero el valle había quedado envuelto en una deprimente cortina de niebla que empañaba las luces de las farolas de la calle del parque—. ¿Qué pasó con ellas? ¿Podría hablar con ellas?

—Sarah se mudó —dijo Wendy con un leve suspiro—. Se desentendió de todo tan pronto como tuvo la edad suficiente. Se mudó a Londres y nunca viene de visita. Yo le envío tarjetas por su cumpleaños y Navidad, pero nunca me contesta. Supongo que las recibe. Pero no lo sé.

—¿Podrías darme su dirección?

—Claro.

—¿Y la otra hija?

Wendy suspiró de nuevo, esta vez largamente.

—Sigue por aquí. —Luego agregó de forma escalofriante—: Lo que queda de ella.

—¿Qué quieres decir?

—Fue muy duro para ella. Estaba allí ese día, así que la falta de respuestas le dolió más. Nunca se recuperó. Sarah la culpaba y Margaret no es precisamente cariñosa. Hice todo lo que pude en su momento, pero… eso la había destrozado.

—¿Dónde está?

—Vive en algún sitio de Wadebridge. No sé dónde. Va por ahí. Distintos hombres, ese tipo de cosas. Bebe… tal vez algo más.

—¿Cuántos años tiene?

—Diecinueve.

Slim cerró los ojos. Había celebrado su decimonoveno cumpleaños en un desierto iraquí, poco después de haber presenciado la muerte de un amigo cercano por una explosión. Un par de botas en la arena, los pies todavía dentro y el resto… desaparecido. Todavía pensaba a menudo en esas botas y era difícil decir que desde entonces hubiera mejorado algo su vida. Si alguien hubiera hablado con él tal vez le hubiera ayudado a superarlo… Pero, en cambio, había seguido un camino que lo había expuesto a un trauma tras otro, como si se quedara en un purgatorio eterno como castigo por no haber evitado algo que no podía impedirse.

—Es solo una niña —dijo.

Wendy sacudió la cabeza.

—Ya no, desde hace mucho tiempo. La niña que era Ellen murió la misma tarde en la que lo hizo su padre.

12

Slim esperó hasta después de la cena para caminar de vuelta al pueblo y trepar al árbol en la cima de la colina de Pearl Lane. Las nubes habían cubierto la pequeña luna que había y estaba seguro de que nadie lo vería, incluso si pasaba justo por debajo.

Mientras Slim observaba la casa de Margaret Maynard, pensó en todo lo que podía haber cambiado en los quince años transcurridos desde que murió Richard. Las ramas más bajas del árbol todavía proporcionaban una vista clara de la ventana superior del lado derecho de la casa, pero durante esos años el seto delantero podría haber crecido. ¿Era posible que se pudiera haber visto directamente la sala de estar?

Pensó en tratar de trepar más alto, pero las ramas superiores no parecían poder soportar el peso de una persona. Estaba casi seguro de que el observador había estado allí la mayor parte del tiempo.

¿Había sido Tom Castle, o algún otro?

Wendy decía que aún estaba buscando el negativo de la fotografía. Slim había enviado una copia de la fotografía a

Kay, quien le había dicho que sin el negativo (y, por tanto, sin la mejor resolución posible) era poco lo que se podía averiguar. Sin duda ahí había una persona, pero el detalle era insuficiente siquiera para cerciorarse de si era hombre o mujer.

Slim se bajó del árbol y caminó de vuelta a la pequeña plaza del pueblo. No se había presentado la lluvia, pero hacía mucho frío. Incluso con las manos metidas en los bolsillos, sentía que las ráfagas de viento lo atravesaban. Tal vez el área cobraba vida durante el verano, con los turistas y el mejor clima, pero ahora, a finales del otoño, con las tardes largas y los días sombríos, fríos y húmedos, era un lugar hostil e implacable.

Sonrió. Había elegido un buen lugar para esconderse.

Pero ahora corría el riesgo de que lo descubrieran si empezaba a hacer preguntas. Ya tenía la impresión de que había llegado al final de su propio viaje personal. Si no podía quedarse allí por un tiempo, solo le quedaba un lugar al que poder ir.

Al abismo.

Sacó su teléfono y abrió los mensajes de voz. Ahí estaba el de la madre de Emma. Con lágrimas en los ojos, su dedo se colocó encima del botón ESCUCHAR, pero no pudo hacerlo. Apagó el teléfono y lo devolvió a su bolsillo.

Pensó en Ellen Maynard cuando tenía cinco años y había sido testigo de la muerte de su padre. Había vivido en la confusión durante catorce años. Tal vez, si pudiera encontrar respuestas para ella, podría hacer algo bueno.

No había podido salvar a una niña, pero tal vez podía salvar a otra.

13

EL SALÓN municipal tenía mucho mejor aspecto de día que de noche. La puerta principal estaba abierta, por lo que Slim entró y se encontró en un pequeño gimnasio con líneas de bádminton desgastadas y descoloridas en el suelo. En la pared trasera, detrás de una rejilla instalada para protegerlas, un par de docenas de fotografías descoloridas de equipos mostraban a los campeones y subcampeones del condado en bádminton y bolos, e incluso a un equipo de surfski. La mayoría no tenían etiquetas y las que sí se habían desvanecido hasta volverse ilegibles, la fecha más reciente que pudo leer era de hacía una década.

En la parte trasera del espacio, una puerta conducía a una cocina, con una biblioteca a través de otra puerta lateral. Slim tuvo una sensación de *déjà vu* relacionada con un antiguo caso cuando entró en la cocina y se preparó un café, dejando caer una moneda de cincuenta peniques en la caja de pago voluntario. Tras sentarse en una mesita, contempló los campos que se sumergían en un valle boscoso y supuso que muchos de estos pueblos rurales se repetían superficialmente unos a otros, pero las diferencias provenían de los secretos que yacían debajo.

No por primera vez en su carrera, Slim se preguntó si estaba persiguiendo sombras. Estaba claro que había cotilleos y rumores de décadas que descubrir, personajes y morales que cuestionar, sin duda vidas destruidas… pero ¿era de verdad posible que Richard Maynard hubiera sido asesinado como creía Wendy Nicolson? No había respuesta para esa sencilla pregunta.

Acabó su café y lavó la taza en el diminuto fregadero. Luego cruzó el salón y entró en la pequeña biblioteca. Allí encontró sobre todo libros ilustrados para niños, con una caja de juguetes en un rincón. Sin embargo, un estante estaba repleto de polvorientos libros antiguos dedicados a la historia local.

Sólo por la remota posibilidad de encontrar alguna pista, Slim hojeó un par, luego se fijó en los índices y buscó referencias a Maynard, Castle y Chamberlain.

De los dos últimos apellidos no había nada, pero una familia Maynard había sido dueña de un antiguo molino, que en las fotos históricas se veía frente a la iglesia. Hacía tiempo que había desaparecido y en su lugar había una hilera de tres casas adosadas, lo suficientemente viejas como para aparecer ya en un par de fotos.

Al no encontrar nada más, Slim guardó los libros y se fue. Regresó a la pequeña plaza de la iglesia y se detuvo frente a las tres casas adosadas que había visto en las fotos. Dos de ellas estaban claramente ocupadas, una con las cortinas abiertas mostrando a una familia viendo la televisión, con sus cabezas visibles sobre el respaldo de un sofá, la otra con un gato gordo como vestido de esmoquin y descansando en el alféizar de la ventana.

Por el contrario, la de enmedio parecía vacía. Tenía en

la ventana un letrero de cartón escrito a mano, anunciando que se alquilaba, junto con un número de teléfono.

Slim alzó las cejas. Conocía ese número. Era uno de los pocos nuevos que había agregado recientemente a la agenda telefónica de su Nokia.

Pertenecía a Tom Castle.

14

— Chicos (y chica), este es John. Ha estado trabajando para mí estos últimos meses y afirma que sabe manejar el taco.

—Entonces sabe más que la mayoría de nosotros —dijo Mick, el del café de la playa, la única persona del grupo a la que Slim conocía. Éste le lanzó una mirada de complicidad.

—Éstos son Bill Trilby, Colin Spencer, Fred Albright y creo que conoces a Mick. Y ésta de aquí es Alison Williams, nuestra mujer de cuota, pero también nuestra mejor baza.

—Port Isaac no tenía idea de lo que le iba a caer la semana pasada, ¿verdad? —rio Fred.

—Ya vale —dijo Alison, poniendo los ojos en blanco—. ¿Vamos a entrenar un poco antes que lleguen los chicos del Wadebridge Con Club o no?

Con poca interacción adicional, salvo algunas bromas, Slim empezó una partida por parejas y le tocó con Mick, quien se ofreció a empezar. Slim no había golpeado una bola de billar a propósito desde hacía más de veinte años, pero después de tomar uno de los sucios tacos de la casa, recuperó el par de años que había perdido después de dejar el ejército y abandonarse a la bebida y las horas que había pasado en las salas de billar llenas de humo de Londres le permitieron al menos irse defendiendo a medida que avanzaba la partida.

Entre el equipo no había buenos jugadores. Fred, un hombre canoso de barba blanca en edad de jubilación, tenía su nombre en un tablero de campeones en la pared, pero aparte de acumular constantemente puñados de puntos, no tenía grandes habilidades. Mick y Tom tenían constantemente bolas para jugar, pero ambos eran demasiado imprudentes como para aprovechar las posiciones decentes. Alison, con su inclinación por el juego seguro y sin correr riesgos, parecía la jugadora más sólida en conjunto, con Bill y Colin presentes sólo para dar conversación. Un *break* de veintiséis que no habría impresionado a ningún aficionado decente en un club de Londres bastó para que Slim recibiera un par de palmadas en la espalda y fuera con mucho el más alto de la primera ronda de partidas.

—¿Alguien quiere una pinta? —dijo Colin, apuntando con la cabeza hacia una puerta cerrada entre dos mesas de billar más pequeñas en el otro extremo de la sala del club, después de que la partida de calentamiento entre él y Bill, con Tom actuando como un árbitro jovial, llegara a su fin.

El bar del cubículo lo llevaba un equipo de voluntarios que rotaba a diario. Colin, un tipo de unos treinta años con unas greñas retro de finales de los ochenta, tenía el turno de esa noche. Slim hizo señalizó su abstención, poniendo como excusa una cita con el médico por una posible úlcera estomacal. Sin embargo, cuando el olor metálico de la cerveza enlatada llenó el aire, se retiró al otro extremo de la habitación, simulando leer el tablón de anuncios de los miembros mientras los demás discutían las tácticas contra los oponentes de esa noche.

—No diría que eres de por aquí —dijo Alison con un falso acento de Cornualles, sonriendo al acercarse—. Creo que es evidente. Sin embargo, tenías razón acerca de manejar el taco. ¿Solías jugar?

Durante su partida, en la que se había emparejado con Fred, Slim se había tomado mucho tiempo para estudiarla. Con poco más de cuarenta años, tenía una mirada dura que ocultaba cualquier belleza que pudiera haber debajo y asimismo un cansancio vital en sus modales que Slim podía identificar. Hablaba con una alegría fornida que hizo que Slim se sintiera más cercano a ella que a los demás y había un grado de inteligencia en sus palabras que no tenía ninguno de los otros.

—Cuando tenía veintitantos—dijo Slim—, estuve un par de años pasando el tiempo donde había menos luz y más alcohol.

No había tenido la intención de ser tan sincero, ya que pretendía ser una broma, pero Alison asintió con complicidad.

—Imagino que aprendiste algunas cosas.

Slim asintió.

—Una fue a manejar un taco de billar. La mayor parte del resto… afortunadamente las he olvidado.

No sabía por qué estaba hablando de forma tan críptica, pero parecía haber algo en Alison que lo desarmaba. Sentía que podía confiar en ella. Estaba a punto de decir algo más cuando el sonido de unos coches afuera anunció la llegada de sus oponentes. El equipo de Trelee se puso en marcha, recogiendo latas vacías, cepillando las mesas, volviendo a colocar los tacos en los estantes y asegurándose de que hubiera tiza azul en todas las mesas.

Un minuto después, un grupo de hombres calvos y con sobrepeso entró a toda prisa por la puerta. La mayoría de ellos parecían conocer al equipo de Trelee, estrechando manos, dando palmadas en la espalda y haciendo algunas bromas. Un par de ellos se presentaron a Slim y luego la mayoría se dirigió al bar, donde Colin los estaba esperando. Tom dio unas palmadas en el hombro a un hombre mayor y anunció a todos los que estaban cerca que iban a echarse un cigarrillo fuera. Slim, con la mente aturdida por el sonido de las latas que se abrían y las vistas de los vasos de whisky y vodka que se vaciaban y volvían a llenar, esperó unos segundos y luego le susurró a Alison que salía a tomar aire.

Al club de billar, que estaba en un sótano habilitado debajo del ayuntamiento, se accedía por una escalera de hormigón. Una luz tenue iluminaba las escaleras, pero fuera la noche estaba oscura, con la luna y las estrellas ocultas por las nubes.

Slim solo había subido un par de escalones cuando escuchó voces sobre el muro de contención al lado de la escalera, en el estacionamiento exterior.

—Estaba dando vueltas de nuevo la otra noche —se oyó decir a una voz—. Tu chica.

—Espero que le dijeras que se fuera a la mierda. —Esta vez era la voz de Tom—. Es una basura.

—Sigue siendo guapa, esa Ellen. A pesar de lo que se hace a sí misma. Algunos de los muchachos más jóvenes se estaban poniendo cachondos.

—Diles que se mantengan alejados de ella. Ésa no da más que problemas. — Tom hizo un sonido que pareció un puño golpeando la palma de la mano—. Lo mejor que he hecho nunca ha sido alejarla de su madre. Debería estar bajo tierra, con su padre.

15

—Aquí TIENES —dijo Wendy, secándose una lágrima—. La última dirección que tengo de ella. Es de hace casi un año. No sé si seguirá allí.

Slim asintió.

—Gracias. Es un principio.

—¿Has… has encontrado algo ya?

Slim negó con la cabeza. No estoy seguro de que haya algo que encontrar. Pero, por ahora, sigo buscando.

Noviembre había llegado con ráfagas de hojas, mares embravecidos y tormentas de lluvia repentinas. Después de que Slim hubiera ganado al mejor jugador del Wadebridge Conservative Club, Trelee se encontraba inesperadamente en lo más alto de la tabla de la liga local de *snooker* y Slim era la comidilla del club.

—¿Querrías jugar el partido fuera de casa contra Camelford de esta semana? —preguntó Tom en el trabajo un miércoles por la mañana—. Ganaron la liga hace dos años. Si les derrotamos ahora, podríamos tener posibilidades este año.

Slim sonrió.

—Lo de la semana pasada fue la suerte del debutante. La bola verde entró por churro.

—Sí, pero ya le estabas ganado. ¿Nos vemos delante del club a las siete?

—Claro

—Vale. Volvamos al curro. Volvamos a ello. Estos postes de cerca no se van a mover solos, ¿verdad?

Después del trabajo, con la cremallera del abrigo subida hasta arriba para protegerse del viento frío que soplaba en el valle, Slim caminó hasta el pueblo, se introdujo en la única cabina telefónica local para protegerse y esperó a que apareciera el autobús de Wadebridge calle arriba. Había uno que se detenía en la esquina frente a la tienda a las cinco y treinta y cinco todos los días de la semana, pero a menudo llegaba tarde. El último autobús de regreso era poco después de las diez de la noche.

La noche anterior había ido a la dirección que le había dado Wendy y solo había encontrado un edificio abandonado de apartamentos, con un candado en la puerta principal. En el piso que Wendy le había indicado no se veían luces en las ventanas, ni indicios de que estuviera habitado. Pero esa noche tenía en el bolsillo un dispositivo que no había llevado antes, una pieza delgada de metal con muescas en un costado que le había dado hace algunos años Alan Coaker, un viejo amigo del ejército que ahora dirigía una empresa de seguridad en Londres. Esperaba hacer un trabajo rápido con el candado y acceder al edificio.

Los faros del autobús acababan de aparecer al final de

la calle, cuando una figura salió de las sombras junto a la tienda cerrada y levantó una mano.

Slim se sorprendió tanto al ver a este otro pasajero que casi se olvida de cruzar la calle. Pero logró salir de la cabina telefónica y avisar al conductor antes de que el autobús se fuera.

—Wadebridge, por favor —dijo al conductor.

—Casi lo pierde —dijo el conductor, dándole el billete.

Slim pagó y se dirigió a la parte posterior del autobús. El otro pasajero que había visto era una mujer que estaba sentada a la mitad. Slim se sentó cerca de la parte trasera y comenzó a quitarse las gotas de lluvia de su abrigo, contento de estar a resguardo.

Estaba preparándose para el viaje cuando la mujer que tenía delante sacó un teléfono, hizo una llamada y dijo:

—Hola. Soy yo, Margaret. Voy de camino.

16

AUNQUE ESO SIGNIFICABA que tendría que aplazar la visita a la casa de Emma para otra noche, no podía dejar de seguir a Margaret, a pesar del riesgo. Hubiera bastado con una repentina mirada hacia atrás... seguida de una aparición casual en la serrería, para poner en peligro todo lo que Slim había conseguido en los últimos meses. Hizo todo lo posible por ser discreto, con la capucha puesta, las manos en los bolsillos, siguiéndola a una distancia suficiente para mantenerla a la vista, pero no tan cerca como para que se diera cuenta. Caminó desde la parada de autobús hasta la calle principal, luego giró por una calle que seguía el río y las casas se iban reduciendo gradualmente, hasta el punto de que Slim llegó a pensar que iba a salir del pueblo caminando.

Era más difícil seguirla aquí. Las escasas farolas de la calle hacían que tuviera que estar más cerca de lo que le hubiera gustado, y las pocas casas de la zona hacían que no tuviera una buena excusa para ir tras ella, en caso de que se diera cuenta. Margaret, aparentemente sin apercibirse, cruzaba lo que Slim estimaba que era un área propia de violadores, un parque semiurbano mal iluminado junto al río, y estaba seguro de que Tom no sabía que ella estaba aquí. No era el tipo de zona a la que un hombre permitiría ir voluntariamente a su esposa, pero Slim se preguntó cuán distorsionada podría ser su percepción después de las cosas que había visto. Tal vez...

Alguien salió de las sombras más adelante, dirigiéndose al encuentro de Margaret. Slim se tensó, preocupado por que sus miedos pudieran haberse hecho realidad y se armó de valor para correr en ayuda de la mujer en caso de que la situación empeorara. Pero, cuando Margaret hizo primero una pausa y luego abrazó a la figura, Slim se preguntó qué estaba pasando. Se apresuró a acercarse, deslizándose detrás de un grupo de árboles mientras las dos figuras avanzaban hacia el resplandor de una farola.

Era una mujer joven, en realidad poco más que una niña, que estaba claro que no disfrutaba de un buen estado de salud, con su cara pálida como si rara vez viera la luz del día. Llevaba un abrigo y un sombrero que le apretaba el pelo contra las orejas, pero incluso desde la distancia era fácil ver que estaba delgada como un palo.

Margaret soltó a la muchacha, sacó algo de su bolso y lo dejó sobre la palma de su mano. Slim no estaba seguro, pero parecía dinero. La muchacha se lo metió en el bolsillo, abrazó brevemente a Margaret otra vez y retrocedió hacia los árboles hasta perderse de vista.

Margaret se quedó inmóvil durante unos momentos, luego se dio media vuelta y volvió por donde había venido.

Slim, escondido en los árboles fuera del camino, estaba indeciso. Quería seguir a la chica, pero ésta se había adentrado en un bosque a un lado del camino y sin duda descubriría su presencia si intentaba seguirla. Luego, había algo más que lo había inquietado profundamente, algún detalle inusual que había visto, pero no había asimilado de verdad hasta entonces.

Era noviembre, el termómetro no llegaba a los diez grados, la lluvia flotaba en el aire y el viento azotaba los árboles, pero la chica no llevaba zapatos.

Al final, se dio la vuelta y siguió a Margaret. Fue fácil seguir su rastro mientras se dirigía de regreso a la ciudad, y ella finalmente se metió en un bar cerca de la estación de autobuses, donde se sentó, sola, durante un par de horas, bebiendo vino y mirando al vacío mientras Slim la observaba desde un café al otro lado de la calle. Luego, como a las diez de la noche, se puso en marcha, recogió sus cosas y se dirigió al último autobús.

En una cola de cinco personas esperando para subir, Slim estaba dos lugares atrás. Cuando subieron y tomaron sus asientos, Margaret sacó su teléfono.

—Hola, soy yo. Sí, estoy volviendo. ¿Que si…? Ja, ja, no, no gané. Un par de manos, pero nada espectacular. Ya me conoces.

Estaba claro que hablaba con Tom. Y una cosa de la que Slim podía estar seguro era de que, a pesar de lo que pudiera creer, no, Tom en realidad no la conocía en absoluto.

17

—Oh, hola, John. ¿Tú también eres madrugador?

Slim, que había estado apoyado en una puerta desde donde había una vista del valle hacia el mar, levantó la vista al escuchar la voz de Alison. Se giró y la vio caminando a buen paso por el camino hacia él, con un bonito cocker spaniel tirando de una correa delante de ella. Vestía una chaqueta acolchada azul marino, unos vaqueros y un gorro de lana gris que hacía que le cayera el pelo por encima de las orejas.

Slim la miró sorprendido. Parecía haber perdido diez años desde la última vez que la había visto, a menos, por supuesto, que simulara para apartar la atención de los chicos del club de *snooker*.

—Sólo estaba dando un paseo —dijo—. Es la primera vez que deja de llover en un par de días.

—¿Juegas esta noche? —preguntó Alison mientras el perro husmeaba en la hierba de alrededor de la puerta.

Slim asintió.

—He pensado que podría probar.

—Estupendo. Estuve en el club el miércoles y varios

muchachos decían que contigo a bordo podríamos tener alguna posibilidad incluso de ganar el título.

Slim rio entre dientes.

—Yo no diría tanto.

—En serio, eres bueno. Es verdad que el nivel no es muy alto, pero la mayoría de los muchachos solo juegan por la conversación y los bocadillos del partido como visitantes.

Alison se apoyó en la puerta junto a Slim. Durante un largo minuto, ambos contemplaron el valle, observando el mar distante, con las líneas grises de las olas moviéndose hacia la orilla.

—Es espectacular, ¿verdad? —dijo Alison por fin—. Mejor que el verano, cuando esto está lleno de turistas y el mar está en calma. El invierno es mucho más bonito.

Slim asintió, sin saber qué decir.

—Supongo que no vienes al club por la conversación —dijo Alison por fin, con una leve sonrisa en los labios.

Slim encogió los hombros.

—Tom me convenció.

—Bueno, nos encanta que hayas decidido venir.

—Gracias.

Alison tamborileó con los dedos sobre la puerta, lo que provocó que los postes de metal emitieran un cansado sonido de timbre.

—¿Sabes? probablemente no debería decir nada, pero Mick Anderson dijo algo sobre ti. Me dijo que entraste en su café en septiembre. Dijo que estabas en los acantilados… dijo que se preguntaba si volverías a ir allí y no… no volverías.

Slim dejó escapar un lento suspiro.

—Así son los pueblos pequeños, ¿eh?

Alison rio entre dientes.

—Todos somos amigos en Trelee. Aquí no hay

secretos. No muchos en todo caso. — Dijo esto último con otra risita, pero Slim, que había trabajado durante un tiempo en interrogatorios en el ejército, notó una pequeña inflexión en su tono. Aquí había secretos. Auténticos.

—Estaba pasando por una mala racha —dijo Slim—. Creo que ya la he superado.

— Bueno, sé que nos acabamos de conocer, pero si necesitas a alguien con quien hablar, llámame. No tiene mucho sentido telefonearme con la cobertura del móvil que tenemos, pero voy a la discoteca los miércoles, y me encontrarás en la iglesia los sábados y domingos por la mañana.

Slim debió parecer sorprendido, porque Alison se echó a reír.

— No te preocupes, no te voy a convertir. Es algo social. Tuve problemas hace tiempo. Perdí a mi esposo, ya ves.

—¿De verdad? Lo siento.

—No importa. Fue hace mucho tiempo. Fue… —Hizo una pausa, respiró hondo y se colocó un mechón suelto de pelo bajo el sombrero—. Fue… en esos acantilados de allá. Así que, cuando digo que si necesitas hablar, lo digo en serio.

—Él…

Alison sonrió, pero había lágrimas en sus ojos.

—Sí. El informe lo consideró un accidente. Un resbalón con mal tiempo. Es verdad que esos caminos son traicioneros en cualquier caso.

—¿Pero no lo fue?

Alison suspiró, recobrándose. Tocó de nuevo los barrotes de la puerta.

—Se suponía que iba a estar trabajando ese día, pero no apareció. Y más tarde encontré una nota. Depresión, decía. Yo no tenía ni idea. Me lo ocultó con una habilidad increíble y solo lo descubrí después de que se fuera.

Gimió. Slim extendió la mano para palmearle el hombro, lo que hizo que el perro gruñera, rompiendo la tensión y haciendo que ambos se rieran.

— Lester, tranquilo. John es un amigo.

—¿No hablaste a nadie de la nota?

Alison negó con la cabeza.

—No quería generar cotilleos. Me culpé por no saberlo, por no ayudar. Era más sencillo que la gente creyera que se resbaló.

—Um. Entiendo.

—No lo cuentes, por favor.

Slim asintió.

—Por supuesto.

Tal vez preocupada por haber sonado un poco más dura de lo que pretendía, Alison soltó una breve carcajada.

—Ya te lo he dicho, ¿no? Aquí todos somos amigos. Una gran familia feliz.

18

Después de un rato de conversación más informal, Alison se fue, justificándose con su voluntariado matinal en el café de la iglesia. Slim prometió pasar por ahí en su camino de regreso.

Cuando se marchó, Slim se fue por la carretera, tomó una bifurcación que conducía de nuevo a Trelee y pasó junto al imponente roble desde donde el desconocido había estado observando a Richard Maynard. No había nadie alrededor, por lo que se subió a las ramas más bajas y se sentó en ellas por unos momentos, mirando el grupo de casas, y la número seis en particular.

Estaba preguntándose si tomar una foto con la pequeña cámara compacta que llevaba en el bolsillo de su abrigo, cuando un automóvil entró por la calle. Slim se bajó apresuradamente y trató de pasar desapercibido, mirando una puerta mientras pasaba el vehículo. Luego volvió al árbol, recordando algo.

Tras subir al árbol, pasó un dedo por una muesca en la rama que había sujetado cada vez que saltaba. Había un viejo desgarro en la corteza que se había regenerado, pero la huella aún era visible. ¿Podría haberlo causado alguien saltando desde el árbol?

No parecía una rotura limpia, sino más bien un rasguño. Pasó el dedo por encima y luego lo sujetó como había hecho cada vez que había saltado.

La rama aguantó el tirón antes de rebotar al soltarla. La fricción hizo que sintiera calor en sus dedos medio y anular. Si hubiera estado usando un anillo, podría haber sido suficiente para hacer el rasguño, pero una simple alianza no habría bastado. Hacía falta algo más anguloso, más afilado.

Tal vez un anillo de sello, uno que estuviera suelto, por lo que su ornamentación más afilada podría haber girado y haberse enganchado en la madera.

Como el que llevaba Tom Castle

Fiel a su promesa, paró en la iglesia a tomar un café, pero Alison estaba demasiado ocupada respondiendo a las preguntas de un grupo de ancianas como para darle algo más que un saludo pasajero. En cambio, se encontró hablando con Fred Albright, un granjero jubilado cuyo hijo William dirigía ahora su granja. Después de unos minutos elogiando el aparente dominio del billar de Slim, Fred comenzó a lamentar la terrible situación de la agricultura familiar de Reino Unido y cómo pronto tendrían que vender o darse por vencidos. Slim hizo todo lo posible para sonar comprensivo y, al mismo tiempo, se preguntaba cuánto podría valer un terreno en una ubicación costera tan privilegiada.

Después de disculparse, caminó de regreso al roble de la parte superior de Pearl Lane y sacó su teléfono. Su dedo se quedó un momento encima del botón de mensajes antes de pulsar en la guía telefónica y llamar a su viejo amigo del ejército, Alan Coaker.

—Pensé que finalmente te habías rendido y habías desaparecido de la faz de la tierra —dijo Alan con una risa seca—. ¿Vas a pagar tus deudas?'

—Alan, necesito otro favor.

—¿Por qué será que eso no me sorprende?

—Te lo pagaré cuando pueda.

—¿Cuál es tu tarifa por tu caso actual?

—No estoy seguro…

Alan volvió a reír entre dientes.

—Vale, vale, veré qué puedo hacer. De todos modos, siempre me las he arreglado para conseguir trabajo al mencionar tu nombre. Al menos hasta tu último caso. Montaste un pequeño lío…

—Alan, por favor…

Alan se calló. Después de una breve pausa, suspiró y luego dijo:

—De acuerdo. ¿Qué necesitas?

—Material de vigilancia. He hecho una lista.

—¿Ya está hecha? —Otro suspiro—. Está bien. Necesitaré una dirección segura para enviarlo por mensajero, y lo apunto en tu cuenta.

—Gracias, Alan.

—Sin problemas, Slim. Lo que sea por un antiguo compañero. Aunque sea tan poco fiable como tú.

Eran apenas las tres, pero el sol estaba bajo en el cielo, amenazado por un banco de nubes que se cernía sobre el horizonte. Slim, con los muslos doloridos por una caminata completa alrededor de Trelee y luego por la cima del acantilado para ver el salvaje Atlántico, no estaba seguro de poder flexionarse para usar el taco en la partida de esa noche.

Mientras contemplaba el mar, se sintió atormentado por la culpa, preguntándose si debería abandonar su incipiente investigación antes de empezar a causar problemas. Gracias a la información que Donald Lane había descubierto, ahora sabía que Tom Castle era dueño de varias otras propiedades en Trelee además de la serrería: los tres adosados de la plaza del pueblo y otra casa llamada Greendale, que había pertenecido a sus padres, que ya habían fallecido. Dos de los adosados tenían inquilinos permanentes, pero Greendale actualmente estaba vacío. Por lo que había podido descubrir Don, a veces se alquilaba en verano, pero el resto del año estaba vacío ahora que Tom vivía con Margaret en Pearl Lane.

Tom había comprado los adosados hacía unos quince años. Los precios de la vivienda habían aumentado considerablemente desde entonces, y Don estimaba que una inversión inicial de unos pocos cientos de miles de libras podría valer ahora unos dos millones. Todo un éxito para un hombre que cortaba madera para ganarse la vida.

Slim se alejó y regresó al pueblo, con la intención de caminar hasta el camping y comer algo antes de dirigirse al club de billar. Era un partido fuera de casa, lo que le obligaba a reunirse con los demás en el club a las siete de la tarde, después de lo cual irían en varios coches a Camelford.

En lugar de ir por el camino más rápido pasando la iglesia y bajando por el largo y angosto camino hacia el valle que conducía más allá del camping a Pentire Cove, tomó una ruta más larga, saliendo por un camino que se dirigía al este a lo largo de la costa hasta Port Isaac. A menos de un kilómetro, justo cuando comenzaba a internarse en el valle vecino, una bifurcación a la derecha se dirigía hacia el interior y cruzaba otra carretera que daba la vuelta a través de Trelee. No muy lejos en este camino, pasó junto a una puerta cerrada con candado en la parte superior de un largo camino, que conducía a una bonita casa de campo arrimada a la ladera y rodeada de extensos jardines.

Greendale, decía un letrero en la puerta. Slim había pasado la mayor parte de su vida viviendo en pisos lúgubres con periodos de indigencia y alojamiento temporal, por lo que sabía poco sobre propiedades. Sin embargo, incluso para un lego como él, estaba claro que la casa de la familia de Tom Castle era mucho más señorial que la de Margaret Maynard, cerca de la iglesia.

Si llevaban tanto tiempo juntos, ¿por qué habían elegido esa casa en lugar de la otra? Tenía poco sentido, salvo que Margaret tuviera un gran apego a la casa que había compartido con su difunto esposo, algo que, por lo que Slim podía deducir, era poco probable.

Su mente de detective veterano comenzó a evaluar posibilidades. ¿Y si había alguna razón concreta para elegir una casa en lugar de la otra? Seguro que no había un motivo financiero.

¿Y si Margaret seguía viviendo en su casa porque ella (o su casa) tenía algo que ocultar?

Slim se agachó, simulando atarse los cordones de los zapatos. Entretanto, cerró los ojos, escuchando, tratando de filtrar el viento, tratando de captar el sonido de algo inusual, algo fuera de lugar. Tras no escuchar nada, abrió los ojos y escudriñó los setos circundantes, sin mover nada más que sus ojos. Sus años de entrenamiento en las fuerzas armadas le indicarían los lugares donde era más probable que hubiera cámaras de seguridad o sensores de alarma, pero no encontró nada. Contento de que la casa no tuviera sistemas de alarma, al menos junto a la carretera, saltó la puerta y caminó con cautela por el camino de entrada.

El camino formaba un arco alrededor del costado de la casa. En torno a la parte delantera, fuera de la vista de la carretera, había una zona de estacionamiento de grava sobre una serie de terrazas escalonadas que llevaban a una zona de césped en pendiente. El césped estaba un poco largo, lo que sugería que lo habían cuidado durante el verano, pero desde entonces no se había atendido. La propiedad en sí era un hermoso chalé de dos pisos y las ventanas del superior mostraban una hermosa vista del valle, que se ocultaba a las ventanas inferiores por una serie de arbustos y árboles pequeños.

Expuesto a los elementos, un viento helado envolvió a Slim mientras caminaba por la parte delantera de la casa. Miró a través de un par de ventanas y vio una pintoresca sala de estar y una cocina anticuada con suelo de losetas, y advirtió de inmediato que, aunque estaba amueblada y equipada, carecía de artículos personales: no había fotografías ni periódicos abandonados ni calendarios llenos de garabatos... ni recuerdos personales en los estantes, aparte de algunos adornos insulsos.

Era una casa de vacaciones, que sin duda generaba unos buenos ingresos por su alquiler durante los meses de verano. Aun así, Slim no podía evitar sospechar que podría haber algún secreto oculto justo delante de sus ojos.

Estaba tan absorto en sus pensamientos, que el sonido de un automóvil deteniéndose en la parte superior del camino fue como una bofetada en la cara. Un momento después le llegó el sonido del traqueteo de una cadena al otro lado de la casa, seguido por el chirrido de la puerta al abrirse.

Había cien lugares para esconderse, pero la sorpresa hizo que Slim se quedara casi paralizado. En el último momento, mientras los pasos crujían sobre la grava, se deslizó detrás de un macizo de flores rodeado con piedras y miró hacia la casa a través de las ramas y las flores oscuras de una gran hortensia.

Tom Castle apareció en su campo de visión, caminando rápidamente. No prestó atención al lugar donde se escondía Slim, yendo directamente a la puerta principal. Sacó una llave de su bolsillo, abrió la puerta y entró. Un rato después había vuelto a salir, con un puñado desordenado de papeles y sobres en la mano.

Slim dejó escapar un lento suspiro. Sólo estaba recogiendo el correo. Tom cerró la puerta y giró la llave en la cerradura, pero justo cuando estaba a punto de irse, se detuvo, mirando la ventana junto a la puerta.

Slim se maldijo por haber cometido un error de

colegial. Para mirar en el interior, había limpiado las gotas de lluvia con una manga.

Tom se enderezó. Se dio la vuelta, recorriendo lentamente un círculo. Por un momento, sus ojos se posaron justo donde Slim estaba agazapado. Luego dejaron de hacerlo cuando Tom volvió a la casa.

Slim apenas se atrevía a respirar. Si Tom decidiera bajar los escalones entre las terrazas hacia el césped, descubriría su escondite.

Tom miró hacia el jardín por última vez, luego se giró y volvió a subir por el sendero. La puerta se cerró y se oyó el ruido del candado al cerrarse a su vez.

Incluso después de que el coche de Tom se alejara, Slim permaneció agachado durante mucho tiempo, con el corazón desbocado, consciente de la suerte que había tenido.

20

WENDY ESTABA ociosa en su desordenado y mal mantenido jardín cuando Slim regresó al camping. Al verlo, dejó la pila de viejas macetas que había estado ordenando y se acercó tranquilamente.

—He encontrado el negativo —dijo.

Al tener algunas preguntas que hacer, Slim la invitó a la caravana a tomar un café. Unos minutos más tarde, cuando hervía el agua, se oyó un ligero golpe en la puerta. Wendy, con un gesto de ansiedad, entró sin esperar respuesta y le tendió una cajita de cartón.

—He encontrado todo el carrete —dijo—. Espero que sirva de ayuda.

—Gracias —dijo él, tomando la caja y dejándola sobre la encimera—. Puede ser.

—¿Has conseguido descubrir algo?

Slim negó con la cabeza mientras echaba el agua en dos tazas con café liofilizado y entregaba una a Wendy.

—Sinceramente, nada muy importante. Pero no me he rendido.

Dijo las palabras para tranquilizarla, pero no estaba

seguro de cuánto más podría descubrir sin ninguna pista sólida. Hasta el momento, a pesar de las afirmaciones de Wendy, no había descubierto ningún delito real. La gente podría estar mintiendo, claro, pero eso no significaba necesariamente que se hubiera cometido ningún delito.

—¿Has encontrado a Ellen?

Slim pensó en la figura descalza con la que había visto a Margaret hablando junto al río.

—Todavía no, pero tengo una posible pista.

—Si la encuentras, dile que siempre hay un lugar para ella en mi casa.

Slim asintió, aunque no estaba seguro de que el hosco Trevor estuviera de acuerdo.

—¿Puedes contarme algo sobre los padres de Tom Castle? —preguntó.

—¿Sus padres?

—Sí. Vivían en una casa llamada Greendale, a la salida del pueblo en dirección a Port Isaac, ¿es así?

—Justo al lado de la carretera de la costa… sí, así es.

—¿Los conocías?

—¿Por qué lo preguntas?

Slim advirtió un atisbo de actitud defensiva en su voz.

— Me pregunto si hay alguna razón por la que Tom y Margaret viven en Pearl Lane en lugar de en Greendale. Aunque, claro, es evidente que tiene mucho más potencial como propiedad turística.

Wendy pareció relajarse como si Slim hubiera respondido a la pregunta en su lugar. Encogió los hombros.

—En realidad no los conocía bien. Quiero decir, los veía de vez en cuando, y los recuerdo de la escuela. Su madre se llamaba Valerie. Era lo bastante agradable. Gerry, su padre, tenía cierta reputación

—¿De qué tipo?

Wendy parecía dolorida, como si estuviera desenterrando sin querer un mal recuerdo de su infancia.

—Bueno, verás, Tom era un poco agresivo y a menudo se metía con otros niños.

—¿Peleas?

—Sí, cosas así.

Slim, que había visto una buena cantidad de peleas, tanto en el patio de la escuela como más tarde en pubs y bares, asintió.

—Entiendo.

—Pero, ya sabes, a veces aparecía con moretones y todos sabíamos que no eran de otros niños. Venían de… su casa.

—¿Su padre era agresivo? ¿Cómo trataba a la madre de Tom?

—Yo nunca vi nada, pero eran ese tipo de familia a la antigua. Ya sabes, lo que pasa de… puertas adentro se queda ahí, y todo eso.

—Entiendo.

Slim nunca había conocido a su padre, y su madre había sido un fantasma intermitente, unas veces presente y otras veces ausente, a menudo durante días. A veces llegaban a la escuela ciertos rumores sobre las idas y venidas de su madre, y Slim había intentado en ocasiones usar los puños para conseguir respeto. Sin embargo, la mayor parte de las veces se mantenía en silencio acerca de lo que pasaba, o no pasaba, en su casa. Era como si entrara en una nube de niebla tan pronto como salía de la escuela y saliera de ella cuando sonaba el despertador a la mañana siguiente.

—Tom no era un mal chico —estaba diciendo Wendy, y Slim se dio cuenta de que se había distraído un rato—. Creo que se le podría describir como sincero. Tenía una reputación, por lo que los niños agresivos a veces lo perseguían y él nunca se arredraba, pero tampoco buscaba pelea, a ver si me entiendes.

Slim lo entendía. Cuando te vuelves famoso como peleador, otros luchadores oían hablar de ti. Podías estar tratando de no meterte en problemas y acababas con un puñetazo de un muchacho a quien nunca habías tratado. Y las cosas empeoraban a partir de ahí.

—Los padres de Tom… ¿cuándo murieron?

—Oh, su padre falleció hace mucho tiempo, en realidad sólo unos meses antes que Richard. No lo recuero bien. Tenía un taller mecánico en la carretera de Wadebridge, pero ahora está abandonado. Recuerdo su funeral, fue todo un acontecimiento. Asistió un montón de gente, pero no por pena. Era como si a nadie le importara realmente que hubiera fallecido, y estuvieran allí solo para asegurarse de que lo enterraban.

—¿Y su madre?

—Oh, ella le sobrevivió algunos años. Al final, Tom la llevó a una residencia de ancianos en Wadebridge. Creo que murió en 2015.

Slim tomó nota para pedirle a Donald Lane que lo comprobara, aunque no estaba seguro de si esa información resultaría relevante. Sí que daba un motivo para que Tom no quisiera vivir en Greendale. Tenía demasiados malos recuerdos. Y si bien podría haberla vendido, su ubicación lo convertía en un inmueble de primera. De nuevo, otro callejón sin salida.

Slim agradeció a Wendy la información. Después de unos minutos más de charla trivial, ella se excusó y se fue.

Slim frunció el ceño mientras terminaba lo que quedaba del café.

De nuevo parecía que no llegaba a ninguna parte, pero sintió que si pateaba suficientes piedras, alguna acabaría por darse la vuelta.

21

___

SLIM DISFRUTÓ MÁS de lo que esperaba de la partida de billar. Alison y Fred eran los conductores que debían mantenerse sobrios, pero Slim, que había acumulado casi cuatro semanas de marcas de cuenta en el polvo de debajo de la ventana del extremo de la caravana, pudo controlar sus impulsos mientras disputaban el partido en una habitación trasera del Club Conservador local, aunque cada vez que un jugador traía una pinta recién servida en el bar tenía que reprimir el deseo de unirse a ellos. Mantenía la vista en las partidas para centrar su atención. En la suya, que había ganado con relativa facilidad después de un par de *breaks* de poco más de veinte puntos, le resultó fácil, pero menos en las de los demás, ya que la gente se lanzaba a conversar sobre cosas banales y de vez en cuando le ofrecía beber.

Tom se veía alegre y despreocupado, y no mostró ninguna indicación de que sospechara que Slim había invadido su propiedad. Aparte de mencionar un gran pedido el lunes para el que ambos tendrían que llegar temprano, no habló de nada importante, lo que sólo sirvió para aumentar la sensación de culpa de Slim. Tom, a pesar de su sospechosa riqueza y su historia (tanto pasada como presente) con Margaret, sin duda no había participado en la muerte de Richard Maynard. Era imposible creer que el laborioso dueño de la serrería fuera algo más que un sencillo pero honrado miembro de la comunidad.

Después de una merecida victoria del equipo, regresaron a Trelee. Colin, Fred y Tom querían tomar una copa en el club para celebrarlo, pero Bill decidió irse a casa y Slim, muy cansado después de un largo día de caminar por el pueblo, aceptó el ofrecimiento de Alison de llevarle al camping.

—Esta noche otra vez has jugado muy bien —dijo Alison mientras conducía con cuidado por la carretera de la costa, con los faros iluminando los muros bajos de piedra y los setos derrumbados y golpeados por el viento—. Estás resultando un talismán de la suerte.

—Tengo cualquier cosa menos suerte —dijo Slim, en tono un poco más malhumorado de lo que pretendía—. Pero todavía no te has dado cuenta.

Rio entre dientes, tratando de que sonara como una broma, pero no estaba de humor. Alison lo miró en la oscuridad.

—Eres alcohólico, ¿verdad?

—Yo no…

—Me he fijado. Ha visto cómo reaccionabas cada vez que alguien bebía. Y apretabas y aflojabas los dedos de una manera extraña.

—¿De verdad? No me daba cuenta.

Pero sí que lo había hecho y ahora le dolían los dorsos de las manos.

—Te ha debido resultar muy difícil.

No había forma de engañarla, y habría sido una falta de respeto intentarlo.

—Lo ha sido —dijo por fin—. Como un infierno.

—¿Cuánto tiempo llevas sobrio?

Slim se encogió de hombros.

—Más de lo habitual —dijo—- Está bien. Estoy contento, o al menos tan contento como puedo estar. Pero volverá a pasar. Siempre pasa. Y cuando pasa, te destruye.

—¿Y por eso vives en una caravana en medio de la nada?

—Algo así.

—Si quieres, si hay algo que pueda hacer…

—No se puede —dijo Slim, un poco demasiado enérgicamente. Luego, respirando lentamente, continuó—: Lo siento, no quiero ser grosero. Te lo agradezco. Pero eso absorbe a la gente. Puedo soportar destruirme a mí mismo, pero no quiero lastimar a los demás. —Pensó en Emma y su corazón dio un vuelco tan fuerte que pensó que podría sacarlos de la carretera—. Lo menos… posible.

—Si…

—¿Podemos cambiar de tema, por favor?

Alison pareció afectada, pero se mostró de acuerdo.

—Bueno, pues, ¿cómo es vivir en el jardín trasero de Wendy? Es una excéntrica, claro. Todo un personaje.

Slim vio una oportunidad de conseguir más información y al tiempo desviar la conversación sobre sí mismo.

—Dijo que tenía un hermano, ¿uno que murió?

—Oh, sería Richard, sí. Algo horrible.

Habían bajado la colina hasta el valle y estaban llegando al camino de grava que conducía al camping.

—Aquí está bien —dijo Slim, pero cuando Alison se detuvo, no hizo ningún ademán de salir—. ¿Lo conocías? —preguntó, mientras Alison ponía el freno de mano.

—No muy bien —dijo ella—. Supongo que éramos buenos vecinos. Charlábamos sobre el tiempo al vernos por la calle, ese tipo de cosas. Era unos años mayor que yo, así que no lo recuerdo mucho de los años escolares. Íbamos a los mismos colegios, pero él terminaba justo cuando yo empezaba, así que en realidad no nos conocimos hasta que fuimos mayores. ¿Por qué te interesa tanto?

Slim se encogió de hombros.

—Es que Wendy habla mucho de él. Me dijo que le dio un infarto, que fue mientras jugaba en el parque con su hija pequeña.

Alison apagó los faros pero dejó el motor en marcha. Afuera hacía casi cero grados y el parabrisas se empañaba rápidamente. Las luces del salpicadero iluminaban el rostro de Alison de perfil, con gafas en la nariz, el pelo recogido en una cola de caballo y el labio inferior temblando. Slim había pensado que tenía su misma edad, pero ahora no estaba seguro. Ahora la veía mucho mayor.

— No debería hablar de esto porque son solo cotilleos —dijo—. Pero… fue algo tan terrible. Esa pobre niña. Pobrecita Ellen. Era muy dulce, pero aquello la destrozó. No volvió a ser la misma después de eso y las cosas sencillamente no hicieron más que empeorar.

—¿Recibió terapia?

—Trabajo en el instituto de Wadebridge —dijo Alison—. Fui su profesora en primer año, o al menos traté de serlo. No estaba allí la mayor parte del tiempo.

—¿Dónde estaba?

— Fuera, haciendo novillos, cuando no estaba expulsada. Y en un año o dos se estaba mezclando con mayores, mala gente. Dios sabe en qué tipo de líos se metió. He oído que ahora vive en Wadebridge, pero no sé exactamente dónde ni cómo está ganándose su dinero. No quiero pensarlo. Ahora tendrá, ¿cuántos, veinte años?

—Diecinueve, me dijo Wendy.

—¿De verdad?

—Me dio la última dirección conocida de Ellen, pero la casa estaba abandonada, cerrada con candado.

Alison se giró para mirarlo, con el ceño fruncido, y Slim sintió una repentina sensación de aplastamiento en el estómago. Con qué facilidad había vuelto a su ser antiguo, y había bajado su guardia cuidadosamente levantada.

—¿Quién diablos eres? —dijo Alison en voz baja.

Slim hizo una mueca.

—Soy un investigador privado retirado. Wendy me reconoció por la televisión.

—¿Sales en televisión?

—Se han hecho algunos documentales sobre casos antiguos en los que trabajé. Resolví un par de casos abiertos. Supongo que estaban desesperados por conseguir contenidos.

Alison se quedó en silencio por un momento, luego soltó una risita que pareció forzada.

—Bueno, hay de sorpresas a sorpresas. Y esto es definitivamente una de aquellas.

—Te agradecería que no se lo contaras a nadie. No estaba buscando este caso. Vine aquí para alejarme de ellos.

El rostro de Alison se relajó.

—Tu secreto está a salvo —dijo—. Pero yo en tu lugar tendría cuidado de no acercarme demasiado a Wendy. Siempre ha estado un poco loca. Lo que pasó con Richard fue horrible, pero incluso yo sabía que tenía problemas cardiacos.

—No me dijo eso. Dijo que estaba sano.

—Probablemente sabía que pondrías los ojos en blanco y te irías —dijo Alison—. Claro que estaba sano. Era un trabajador forestal. No bebía y hacía mucho ejercicio. Pero eso no significa que no tuviera problemas de corazón. En la escuela, todos lo sabían. Llevaba un marcapasos y, aunque nunca hablaba de ello, era de conocimiento común. Margaret era un tanto briosa, y la gente solía bromear diciendo que ella le llevaría a la muerte. El ataque al corazón no fue una sorpresa para nadie, salvo tal vez para Wendy, pero ya te dije que tiene uno o dos tornillos sueltos. Las circunstancias fueron sencillamente desgraciadas, nada más.

—¿Así que crees que eso fue todo?

—Richard amaba a sus hijas. Todos lo sabían. Es posible que sólo hiciera un esfuerzo excesivo al correr con Ellen. Ya sabes cómo pueden ser los padres.

Slim nunca había tenido la oportunidad de averiguarlo, pero asintió de todos modos.

—¿Así que no crees que haya nada sospechoso?

Alison rio.

—Para ser un detective privado retirado, no actúas muy retirado. ¿Y por qué te retiraste?

Slim sintió como si le hubieran clavado un puñal en el corazón. Por un momento, no pudo respirar.

— Cometí un error en mi último caso —dijo, con la garganta seca, las palabras apenas más que un graznido—. Cometí un error enorme y una niña pequeña murió.

22

SE DESPERTÓ COMPLETAMENTE TEMBLOROSO. Tenía el teléfono a su lado y sabía que había escuchado el mensaje de la madre de Emma, aunque no pudiese recordarlo. Su ropa y su cama estaban empapadas y llenas de arena, pero sentía su cabeza despejada y sabía que no había bebido. Era un pequeño alivio, pero al menos era uno.

Alison, preocupada, había querido quedarse con él, pero le había asegurado que estaba bien. Tan pronto como se perdió de vista, bajó a la playa en la oscuridad y se metió en el agua helada. Había perdido la cabeza y se preguntó si alguien habría escuchado sus gritos. Recordó haber querido morir, pero tener demasiado miedo como para ir en busca del camino del acantilado y en su lugar se sumergió en el agua como si pudiera limpiarlo del odio que sentía hacia sí mismo.

No creía haberlo hecho, pero se había desatado su ira y había acabado regresando, tambaleándose hasta la orilla, con las rodillas y las manos rozadas en las rocas que no había podido ver en la oscuridad. Su billetera, en el bolsillo de sus vaqueros, estaba empapada, al igual que su teléfono, pero el viejo Nokia (que una vez llegó a sobrevivir tras ser arrojado a un río) demostró de nuevo que era indestructible.

Tenía que levantarse y continuar. No podía hacer otra cosa.

Se vistió, después colgó su ropa mojada para que se secara y arrastró el colchón afuera para airearlo bajo el cálido sol matinal.

Luego, tras poner el contenido de su billetera empapada en una bolsa de plástico que después metió en el bolsillo de su abrigo, que afortunadamente había escapado de su sesión de baño nocturna, salió, subiendo la colina hasta la parada de autobús, donde tomó uno a Wadebridge

El candado en el edificio abandonado que era la última dirección conocida de Ellen no resultó un problema para su ganzúa y pronto estuvo dentro, caminando por pasillos vacíos y escaleras de cemento donde se habían quitado las alfombras. Las grietas de algunas paredes dejaban claro por qué el edificio había sido condenado a su demolición, pero no daban ninguna pista que le llevara a donde hubiera ido Ellen.

Su vivienda estaba al final de un pasillo del tercer piso. La cerradura Yale saltó con facilidad y Slim entró.

Sucio, pequeño y poco acogedor, el piso le recordó un poco a su caravana. Aún tenía unos pocos muebles, pero no vio restos de ningún objeto personal, lo que sugería que era una especie de albergue. Olía mal, y tuvo que forzar una ventana oxidada para abrirla y evitar las arcadas. La raída moqueta tenía una costra de comida seca descompuesta desde hacía… mucho tiempo, con grumos marrones inidentificables y estaba cubierta con manchas, que por el color sugerían cerveza o café derramados.

Poniéndose un par de guantes de plástico que había comprado en una ferretería cercana, comenzó a buscar, mirando en los armarios, detrás de los muebles, incluso levantando la moqueta, en busca de cualquier cosa que pudiera ayudarlo.

No tardó mucho. Parecía como si Ellen hubiera tirado a menudo las cosas lejos de su vista y se hubiera olvidado de ellas. Debajo de un aparador encontró varios folletos de restaurantes de comida para llevar, así como una carta del ayuntamiento informándole de que el edificio se iba a desalojar. Encontró otra pista en un mensaje de un psiquiatra de la Seguridad Social que le preguntaba por qué había faltado a su cita. La fecha era de hacía seis meses, quizá poco antes de que el edificio se desalojara. Slim se lo guardó en el bolsillo, continuó su búsqueda y encontró otra carta que advertía sobre el desalojo inminente del edificio y le pedía a Ellen que se pusiera en contacto con la autoridad local de ayudas a la vivienda para buscarle un alojamiento alternativo. Había un nombre de contacto, así que Slim también se la guardó en su bolsillo.

Finalmente, seguro de haber buscado por todas partes, se quedó en pie en el diminuto cuarto de estar de Ellen, preguntándose qué había pasado por alto. Tenía que haber algo…

Entonces se dio cuenta. El apartamento estaba sucio, con todo viejo y desgastado, excepto la pared que daba a la ventana, que tenía un empapelado reciente. Era un beige liso, pegado ligeramente de cualquier manera. No era un trabajo terrible, pero se podían ver las grietas entre las tiras, algo que indicaba la labor de un aficionado, pues un profesional hubiera tenido en cuenta la contracción que produciría el secado del papel.

Slim se subió a una silla, alcanzó el borde superior de la tira central y la quitó.

Salió casi completa, dejando sólo algunos residuos de pegamento. En un minuto había retirado las dos piezas adyacentes. Luego, con un movimiento de incredulidad con la cabeza, dio un paso atrás y se quedó mirando.

Alguien con un alto nivel de habilidad artística había pintado una escena campestre. Un camino se inclinaba ligeramente cuesta arriba, girando a la izquierda entre setos. En el centro había un gran árbol al lado del camino.

Un niño de cabello blanco estaba sentado sobre las ramas del árbol.

Slim se estremeció.

El rostro del niño parecía pinzado, casi como si alguien le hubiera colocado los dedos en los pómulos a ambos lados de la nariz y le hubiera apretado la cara. Sin embargo, por detrás de esa protuberancia con aspecto de pico, el niño parecía estar sonriéndole.

23

—Hola, ¿el doctor Johnson?

—Soy su secretaria. ¿Con quién hablo?

—Ah… mi nombre es… ah… Mike Lewis —dijo Slim, adoptando un viejo pseudónimo—. Soy amigo de la familia de Ellen Maynard y llamo en nombre de su tía, Wendy Nicolson. Ellen era paciente del doctor Johnson y nos preguntábamos si tiene algún conocimiento de su paradero actual. Verá, la familia de Ellen no puede encontrarla y están cada vez más preocupados.

—Oh, vaya. Eso es terrible. Espere un momento. — Durante un rato sonó una música suave y luego la secretaria recuperó la llamada—. Lo siento, señor Lewis, pero no hay mucho que pueda decirle, excepto que Ellen faltó a sus últimas dos citas. No la hemos visto desde junio.

—¿Y no tienen idea de su paradero?

—Me temo que no podría dar esa información por teléfono aunque quisiera. Sin embargo, en nuestro registro los datos de contacto de Ellen no han cambiado.

—Así que todavía la tienen registrada como residente

en… —Slim recitó la dirección del edificio donde había encontrado la pintura escondida de Ellen.

—Oh, sí, exacto —dijo la secretaria, que parecía un poco nerviosa.

Slim reprimió un suspiro, pero había llamado más por si acaso que esperando conseguir algo.

—¿Podría hablar con el doctor?

—Me temo que está reunido ahora mismo, pero si puede volver a llamar más tarde…

—Está bien, gracias.

Slim colgó.

Otra pista inútil, pero había sido solo una posibilidad remota. Volvió a guardar el teléfono en el bolsillo, se alejó de la puerta de la granja y se dirigió de nuevo a la serrería, pues su hora de la comida estaba a punto de terminar. Tom había salido a hacer una entrega, dejando a Slim al mando. Como siempre, tenía una sensación de culpa constante e implacable de que en cierto modo estaba engañando a Tom, pero se encogió de hombros cuando se dio cuenta de que había un cliente dentro de la pequeña construcción que servía como oficina. La silueta de la persona estaba borrosa por la condensación en las ventanas de plexiglás.

Se detuvo en cuanto cruzó la puerta. Le llegó un fuerte olor a perfume cuando la mujer se dio la vuelta.

—Oh, debes ser John. ¿Está Tom?

Cara a cara con Margaret Maynard por primera vez, Slim recuperó rápidamente la compostura. De cerca, la mujer era todo líneas angulosas y miradas duras, evidentemente atractiva pero de una manera reglamentada, casi militar. Con su belleza suavizada y veinte años más joven, Slim podía imaginarla como una rompecorazones consciente, pero ahora era como un alhelí que se marchitaba y se aferraba a los últimos vestigios de su belleza con sus uñas excesivamente cuidadas.

—Está haciendo una entrega —dijo Slim—. ¿No contesta al teléfono? A veces olvida cargarlo…

—Ha olvidado su comida —dijo Margaret.

—Probablemente parará en un Spar, o puede dejarlo aquí si quiere…

—Habla mucho de ti —dijo Margaret, olvidando aparentemente el motivo de su presencia—. Dice que estás haciendo un trabajo mucho mejor que el último que recomendó Mick Anderson. Aquél robó un montón de herramientas y se fue.

—Tom es un buen tipo para trabajar con él —dijo Slim, ignorando sus comentarios despectivos—. Es justo y claro.

Había pensado una y otra vez en lo que podía decirle en privado, pero ahora que estaba frente a ella, se encontró deseando que se fuera. Tenía un acento desconcertantemente pijo para alguien que él sabía que había crecido en la pobreza, y lo miraba fijamente como si le estuviera quitando capas, una a una.

—Estás en la casa de Wendy y Trevor, ¿no?

—Sí, exacto.

Margaret asintió y Slim esperó algún comentario sobre el estado mental de Wendy, pero en lugar de eso, Margaret dijo:

—Imagino que en esas caravanas hay corrientes de aire constantes en esta época del año. ¿Tom nunca te ha ofrecido nuestra casa de campo? Lleva vacía bastante tiempo y el contrato de alquiler permitiría tener un residente permanente.

—Es… una buena idea.

—Hablaré con Tom.

—Eh… gracias. Pero no estoy seguro de poder pagar…

—Podemos arreglar algo para ti. Es mejor que tenerla vacía.

Slim sintió que se estaba enredando cada vez más en la tela de la araña que estaba tratando de aplastar.

—Gracias —dijo—. Le diré a Tom que ha pasado por aquí.

Margaret no hizo ningún movimiento para irse. Miró los estrechos confines del cuarto como si estuviera comprobando el polvo y luego miró a Slim.

—¿Seguro que no eres de por aquí? Me suena tu cara.

Slim, sintiendo calor bajo el cuello, se obligó a encogerse de hombros.

—Mucha gente me lo dice —dijo—. Debo tener una cara muy común.

Margaret seguía mirándolo fijamente.

—Puede ser —dijo.

Luego, como si saliera de un trance, se sacudió un poco y se dirigió a la puerta.

—Estoy segura de que te veré por aquí —dijo, echándole una última mirada—. Que tengas un buen día.

Wendy tenía lágrimas en los ojos.

—Lo llamaba Dicky —dijo—. Como en Dicky Bird.[1] Decía que le gustaba sentarse en los árboles porque podía ver mejor las cosas. Por supuesto, todos pensábamos que era algo encantador hasta que pasó aquello. Creíamos que sería algo pasajero. Quiero decir, todos los niños lo superan, ¿no? ¿Tú no tenías un amigo imaginario, Slim?

Slim se limitó a encoger los hombros.

—No lo recuerdo. Entonces, ¿el chico sentado en el árbol tenía el pelo blanco?

—Ellen solía dibujarlo con el pelo blanco, sí. O rubio, si dibujaba sobre un papel blanco. Siempre podía aparecer, porque decía que solo veía a Dicky cuando soplaba el viento. Tenía mucha imaginación. Todo lo contrario que su hermana.

Slim ignoró las especulaciones de Wendy. —Y en los dibujos que hacía de él, ¿siempre parecía un chico normal, o era un poco… raro?

—Bueno, era solo una niña, así que sus dibujos no eran muy buenos. Quiero decir, a veces su rostro podía tener una forma un poco rara, pero, ya sabes, a menudo tenía una pierna más larga que la otra, o seis o siete dedos. —Wendy soltó una risita seca—. Ya sabes cómo son los dibujos de los niños. Pero recuerdo que siempre tenía el pelo blanco o rubio.

—¿Entonces ese chico podría haber sido rubio?

—Eso supongo. ¿Qué importa? No era real.

—¿Y esa fotografía que me mostraste? Está claro que hay alguien sentado en ese árbol. ¿Crees que era la persona que podía haber estado siguiendo a Ellen? ¿Quizá un amigo de la escuela?

Wendy parecía no haber advertido la relación. Se tapó la boca con las manos y dejó escapar un pequeño grito ahogado.

—No puede… quiero decir, ese no es un niño pequeño, ¿verdad? ¿No creerás…? Todos suponíamos que Dicky era un amigo imaginario…

—Probablemente lo era. Lo que es posible es que la persona del árbol, suponiendo que sea una persona y no sólo un efecto óptico o una doble exposición, podría haber sabido lo del amigo imaginario de Ellen. También podría ser una enorme coincidencia. Ahora mismo no sabemos nada con certeza.

—Pero Dicky… ¿podría haber sido una persona real?

Slim no quería alimentar las esperanzas de Wendy cuando había tantas posibilidades de que se frustraran. Se encogió de hombros.

— No lo sé. Parece que a Ellen le podría haber parecido real. Lo suficientemente real como para que, tal vez debido al trauma, continúe visualizándolo hasta la edad adulta. Y tal vez ella le dé a él mayor prioridad que a las personas reales, si eso la ayuda a dar sentido a las cosas.

—¿Eres psicólogo, Slim?

Slim negó con la cabeza.

—No, pero he estado rodeado de mucha gente con problemas. —*Y ninguno más que yo*, se negó a agregar—. Y he visto cómo se comportan.

—Oh, bueno, si crees que eso ayudaría…

—Supongo que no tienes ningún dibujo antiguo que Ellen haya hecho con este tal… Dicky Bird.

—Bueno, puedo echar un vistazo. No sé si he guardado alguno, pero miraré en los cajones.

—Gracias.

Wendy tenía tareas que hacer, así que se disculpó y se fue. Mientras la lluvia de finales de noviembre caía sobre el techo de la caravana, Slim sacó su teléfono y llamó a Kay.

—Sobre ese negativo que te envié —dijo—, ¿ha podido averiguar algo tu amigo?

—Sigue en ello —dijo Kay—, Le volveré a llamar.

—Me interesa especialmente saber si podría ser un niño, uno con el pelo blanco.

—Dame unos días más.

—Claro.

Slim colgó. Se acercó al pequeño escritorio plegable que había junto a la cocina y se sentó, echándose una manta sobre las rodillas para protegerse del frío que se colaba por las rendijas de la caravana a pesar del pequeño calentador eléctrico que había encima de la ventana del fondo. Luego, con media taza de café a su lado, sacó un fajo de notas de su bolsa y comenzó a revisarlas.

Había tan poco para continuar que se preguntó si realmente había algo que descubrir. Richard Maynard había muerto inesperadamente y, como consecuencia, un viejo rival había entrado en su familia. La hija que había estado presente en el momento de su muerte había quedado traumatizada, algo que la había afectado hasta la edad adulta.

Todo era muy de telenovela, pero aún no había

encontrado nada que sugiriera que había sido algo más que un trágico accidente y, en cierto modo, una consecuencia natural. Una desgracia, sin duda. ¿Pero un delito? No estaba seguro.

Sacudió la cabeza. ¿Estaba perdiendo el tiempo? ¿Estaba creando un misterio de la nada, debido a su desesperación por enmendar lo que había sucedido en su último caso, para completar una especie de viaje egoísta de recuperación? ¿O era simplemente que lo que lo mantenía vivo era tener un misterio por resolver?

La oferta de Margaret Maynard de un nuevo lugar para vivir todavía resonaba en su cabeza. Estaba disfrutando del *snooker* más de lo que esperaba, e incluso había caído en la tentación de ir a un par de reuniones sociales a mitad de semana, en las que de nuevo había podido mantener bajo control sus ganas de beber. Y cada vez pensaba más en Alison.

Trelee no era un lugar tan malo. El trabajo en la serrería era duro pero gratificante. Slim podía sentir que sus fuerzas volvían después de tantos años de abandono.

Tal vez podría rehacer su vida aquí, si abandonaba los misterios. Una vida sencilla, pero tan buena como cualquier otra que pudiera esperar.

La tentación era casi tan fuerte como la de la bebida, pero si dejaba el misterio ahora, nunca más podría mirar a Wendy a los ojos.

Ellen. La joven era la clave. Si pudiera encontrarla y hablar con ella, podría cerrar ese caso de una vez por todas.

Era curioso que Wendy le hubiera regalado un calendario de adviento, uno con bombones dentro. Slim pensaba en el pequeño árbol de Navidad que había comido esa mañana mientras esperaba el autobús a Wadebridge. Era el 1 de diciembre, y esa noche la calle principal estaría llena de compradores nocturnos.

No es que Slim tuviera algo que quisiera comprar, o alguien para quien comprar. Estaba buscando información.

Las calles estaban llenas de gente, pero a Slim le interesaba la oscuridad entre las parpadeantes luces navideñas. Wadebridge era una bonita y rica ciudad de Cornualles, por lo que había pocas cosas sórdidas que descubrir, pero lo que existía era fácil de encontrar. Al salir de la calle principal, no tuvo que caminar mucho hasta que escuchó una voz susurrar:

—Oye, amigo. ¿Quieres comprar algo de tema?

Slim se detuvo y sonrió. Debía ser el aspecto que tenía, o su aura, o simplemente los años de intuición que le habían dicho exactamente dónde encontraría el tipo de personas que necesitaba. Levantó la vista y vio a un hombre demacrado que llevaba un ridículo sombrero navideño saliendo a la calle desde las sombras de un porche cubierto.

—Feliz Navidad —dijo Slim—. Busco un tipo concreto de regalo y puedo pagarlo. Su nombre es Ellen Maynard. ¿Me puedes ayudar?

El hombre cambió el peso de las piernas.

—No. No la conozco. Si me das algo, podría tener un colega que la conozca.

Slim metió la mano en su bolsillo y sacó un billete de veinte libras.

—Aquí tienes. ¿Tienes un teléfono?

—Mi colega sí.

Slim le dio al hombre una tarjeta de visita con su número de teléfono escrito con bolígrafo a un lado.

—Me llamo Mike Lewis. Quiero hablar con ella, nada más, y puedo hacer que le valga la pena. Dile, si puedes, que tengo un mensaje de su tía Wendy.

El hombre asintió y guardó la tarjeta en el bolsillo. Slim dio media vuelta y caminó de regreso por donde había venido, en dirección a las luces de Navidad, de una forma de normalidad a otra. No esperaba volver a saber de ese hombre, se limitaba a plantar semillas. Si esa persona no sabía nada, tal vez otra sí. Con los adictos, si había algo que hablara casi tan alto y claro como su droga preferida, era el dinero. Slim lo sabía muy bien. En su punto más bajo había entrado en un par de casas. No había llegado a robar a alguien en la calle, pero se había acercado peligrosamente.

Deambuló arriba y abajo por la calle durante un rato, disfrutando del ambiente navideño. Se topó con un hombre contra el que había jugado al *snooker* la semana anterior y, durante unos minutos, compartieron bromas mientras disfrutaban de unas rosquillas recién fritas. Estaba a punto de dirigirse al autobús cuando sonó su teléfono.

—Hola.

—¿Eres Mike?

—Yo mismo.

Durante un buen rato pensó que nadie respondería. Entonces, por fin, una voz tranquila y cantarina dijo:

—Soy Ellen Maynard.

—No he podido encontrar ninguna pista de lo que le pudo pasar a ese niño — dijo Donald Lane al teléfono—. Para ser sincero, no puedo asegurar que naciera. Es posible que la única forma de que descubras la verdad sea preguntándoselo a la propia Margaret Maynard.

Slim asintió.

—Vale, gracias, Don.

—De nada. Seguiré buscando.

—Te lo agradezco.

Slim colgó. Le dolía la espalda por un tirón en un músculo al levantar en el trabajo un pesado poste de cerca, por lo que se removió en su asiento mientras el autobús circulaba por los caminos rurales hacia Wadebridge. Llovía de nuevo después de un par de días secos y Slim hubiera preferido quedarse arropado en su caravana con un café. Sin embargo, la oportunidad de conocer por fin a Ellen Maynard era demasiado tentadora como para perderla.

Se bajó en la lluviosa calle principal y cruzó un puente sobre el río Camel antes de girar hacia Trelling Road, como le habían indicado. Pasó junto a un muelle fluvial y una lechería y llegó al frondoso parque donde había visto a Margaret Maynard reunirse con alguien.Se levantó un viento que azotaba los árboles, haciendo que el aire pareciera mucho más frío. Ellen le había dicho que esperara junto al segundo árbol después de la entrada del parque. Se quedó debajo de éste, con un paraguas que le había prestado Wendy para protegerse de la lluvia. Hacía un buen rato que había caído la noche y solo un par de farolas cerca del río hacían que llegara luz al parque. Debajo de los árboles, la oscuridad resultaba inquietante, incluso amenazante. Slim miró a su alrededor en busca de Ellen, deseando que se diera prisa. Trató de devolverle la llamada, pero el número aparecía como desconocido. Probablemente había llamado desde un teléfono público.

Abrigado contra el viento y el frío, aguantó todo el tiempo que pudo, pero después de estar de pie durante media hora en la oscuridad sin rastro de Ellen, perdió los nervios. Se apresuró a regresar al centro, sin detenerse hasta que estuvo de vuelta bajo la tranquilidad de las luces de la calle. Luego, exhalando un suspiro de alivio pero al mismo tiempo enojado consigo mismo, se dirigió de nuevo a la calle principal.

Llegó un poco pronto para tomar el último autobús, así que se fue al mismo café de la vez anterior a tomar algo para calmar sus nervios.

Para su sorpresa, cuando miró hacia el bar al otro lado de la calle, vio a Margaret Maynard, sentada sola en el mismo lugar donde la había visto la vez anterior.

¿Había estado también en el parque? ¿Se había reunido con Ellen? ¿Y si hubiera visto a Slim allí, esperando bajo los árboles?

Ya se conocían, así que no habría manera de esconderse en el autobús a menos que subiera antes que ella y lo hiciera aprisa, algo que parecía ridículo, propio de un viaje en un autobús escolar.

Sin embargo, mientras terminaba su café y se ponía de pie pensó que, si la abordaba antes que ella, pondría la proverbial pelota en su área. Pagó y salió a la calle.

Sintió una sensación de temor paralizante ante la idea de entrar en el bar, pero sus recientes partidas de billar habían reforzado su determinación. Respiró hondo, empujó la puerta y se acercó a Margaret.

—Hola, Margaret. Le he visto por la ventana.

Ella levantó la vista y se apreció un destello momentáneo de miedo en sus ojos rápidamente reemplazado por algo que él había visto con demasiada frecuencia en las personas con las que había tenido que tratar: un velo de mentiras, una línea de defensa contra la verdad, lo que significaba que no podía confiar en nada de lo que saliera de su boca.

—Oh, hola. John, ¿verdad? No esperaba verte aquí.

—Estoy de paso —dijo encogiendo los hombros con un gesto de indiferencia—. A veces me gusta pasear por el pueblo y mirar las luces.

El mercado navideño y las compras nocturnas solo estaban abiertos de viernes a domingo, pero las luces navideñas en los escaparates y algunos jardines residenciales eran una buena excusa.

—La verdad —dijo, tratando de sonar conspirador, como si le estuviera contando un gran secreto—, el camping me parece algo deprimente. Prefiero el pueblo.

Margaret asintió.

—Trelee es también demasiado tranquilo para mi gusto. Aunque Wadebridge tampoco es Nueva York, ¿verdad?

—Pues no. ¿Puedo sentarme? Tengo que tomar un autobús, pero no sale hasta dentro de media hora.

—¿Ah, sí? Yo también.

—Me encantaría ir con usted —dijo Slim, tomando un taburete pero manteniendo la distancia, consciente de no sobrepasar la línea entre la simpatía y el flirteo. Después de todo, era la pareja de su jefe—. Está bastante oscuro.

—Si. Es verdad. —Margaret tenía la mirada perdida en sus ojos, como si hubiera perdido una oportunidad—. Pensé que la lluvia pararía, pero ya ves…

—Es la estación —dijo Slim, preguntándose cómo la conversación se había vuelto tan banal—. Tom dice que juega al bridge los jueves por la noche —añadió, decidiendo arriesgarse.

Margaret parecía incómoda.

—Bueno, yo… se ha suspendido —dijo—. A última hora. Ya estaba de camino y, como sabes, no hay más autobuses de vuelta.

—Si yo hubiera sido Tom, habría venido a buscarle —dijo Slim, reprendiéndose nuevamente por sonar tan insinuante.

—Estará bebiendo delante del televisor —dijo Margaret—. Le gusta tomar un par de latas por la tarde. ¿No bebes, John? ¿No puedo tentarte?

Slim cerró los ojos, tratando de mantenerse firme.

—No creo que haya tiempo antes de que llegue el autobús— dijo, con un nudo en el estómago.

Margaret miró al suelo, aparentemente decepcionada.

—Tal vez en otro momento —dijo y luego frunció el ceño—. Por cierto, tienes los zapatos sucios. ¿Te has caído en una zanja?

Slim miró hacia abajo y vio la costra de barro alrededor de sus botas. Las suelas se habían enjuagado en el camino de regreso, pero los cordones y los costados aún estaban salpicados de barro.

Margaret entornó los ojos y comenzó a inclinarse hacia

adelante. Slim se preguntó si estaría ebria y se preparó para sujetarla, cuando de repente ella se agachó y sacó algo de entre los cordones de su bota izquierda. Era un objeto marrón retorcido, que apenas podía reconocerse como una hoja.

—Una hoja de un castaño —dijo con nostalgia, levantándola y retorciéndola entre sus dedos—. Mi exmarido estaba debajo de un castaño cuando murió.

SLIM SE DESPERTÓ temprano a la mañana siguiente, pero se quedó en la cama un buen rato, pensando en lo que Margaret había dicho. La hoja había abierto un inesperado conjunto de compuertas, y durante media hora había abierto su corazón con respecto a la repentina muerte de su Richard. Slim se sintió un poco abrumado, pero cuando ésta terminó su monólogo para correr hacia el último autobús, Slim estaba absolutamente convencido de que Margaret no había tenido nada que ver con el trágico fallecimiento de su esposo.

También intuyó que se estaba acercando a ella algo más de lo razonable y, mientras se levantaba para ir al trabajo, se preguntó qué diría Tom.

Una hora más tarde, al entrar en la oficina encontró a Tom sentado detrás de su mesa. Su jefe levantó la mirada y sonrió.

—Aquí está el señor Caminante Nocturno.

—¿Perdón?

Tom rio entre dientes.

—Nada, solo un chiste malo. Margaret me ha dicho que coincidió anoche contigo en Wadebridge, cuando volvía de su partida de bridge.

Así que parecía que parte de la farsa se mantenía en pie. Slim asintió.

—Estuve mirando escaparates —dijo—. Las noches son largas.

Tom volvió a reír.

— No te culpo. —Hojeó una pila de formularios de pedido y se puso de pie y Slim se movió, seguro de que no podría haber salido con bien tan fácilmente. ¿Ninguna advertencia sobre una posible aventura? ¿Ningún aviso de que se mantuviera alejado de ella?— Mencionó mi casa de campo. La de vacaciones. Si estás sufriendo en la tuya con la vieja Wendy comiéndote la oreja, te la alquilo por cien a la semana. Lo descontaría directamente de tu sueldo si quieres. Todas las facturas están incluidas, pero ten cuidado con el agua caliente. Si te bañas demasiado, te cobraré unas libras más. —Abrió los brazos—. ¿Qué te parece?

Slim se había acostumbrado a la caravana con corrientes de aire, pero sintió que estaba en una situación en la que no podía negarse sin una buena excusa. Cien al mes era casi la mitad de su salario semanal, pero era una ganga para una casa amueblada, especialmente en esa zona. Y la idea de que la lluvia o el viento no lo despertaran varias veces por noche… pero ¿cómo se lo iba a explicar a Wendy?

Su instinto de detective le sugería que era una buena oportunidad de entrar en los entresijos del sospechoso. Pero su sumisa parte moral protestaba. Era como la traición definitiva a alguien que le había hecho un gran favor, al anidarse con su objetivo, dispuesto a mostrar sus vergüenzas.

Hablar con Margaret Maynard lo había dejado cada vez más convencido de que había poco o nada que sospechar sobre la muerte de Richard. Le había contado a Slim cómo a Richard le habían diagnosticado en su adolescencia una enfermedad genética hereditaria llamada miocardiopatía arritmogénica, comúnmente conocida como MAVD, que probablemente había matado a su propio padre, que había muerto cuando Richard era un niño. Aunque podía sobrevivir con un estilo adecuado de vida y medicamentos, implicaba que tenía que evitar toda actividad extenuante. Apenas seis meses antes de su muerte, un médico le había advertido durante un control de rutina que se cuidara mejor, y el consiguiente estrés le había producido un evidente bajón de ánimo durante el período en el que Wendy había notado la pérdida de su sonrisa en las fotografías familiares. No había compartido el diagnóstico del médico con el resto de su familia, lo que significaba que lo más probable era que Wendy no conociera todos los detalles.

—¿John? ¿Estás ahí? Pareces en las nubes.

Slim volvió a prestar atención.

—Gracias —dijo—. Eres muy amable.

Tom aplaudió.

—No tenemos mucho que hacer esta tarde. ¿Por qué no vamos y recogemos tus cosas?

—Uh… Te agradezco la oferta, pero me gustaría avisarle a Wendy con unos días de antelación —dijo—. No tengo más que unas pocas cosas.

Tom encogió los hombros.

—Bueno, ¿qué tal si me quedo con las llaves, me aseguro de que todo funciona y te mudas durante el fin de semana? Empiezo a cobrarte el alquiler a partir de esta semana, con una semana de anticipación.

Tenía que pagar a Slim esa tarde, pero estaba claro que Tom no era un hombre al que le gustara correr riesgos.

Asintió.

—Si eso es lo mejor… —dijo.

Tom se rio entre dientes y aplaudió.

—Bienvenido a la familia Castle —dijo—. Me alegra tenerte a bordo, John.

Slim sonrió, preguntándose si su decisión era una jugada maestra o un terrible error.

28

Wendy estaba comprensiblemente molesta, no sólo porque Slim abandonase el camping, sino porque además se mudaba a una de las casas de Tom. Slim le explicó lo que había ensayado: que eso le permitía acercarse tanto a Tom como a Margaret, pero aun así, se la veía abatida.

—Supongo que vosotros, los detectives, sabéis lo que hacéis —dijo.

—Lo siento mucho —dijo por cuarta o quinta vez—. Es una oferta que no podía rechazar. Has sido buena conmigo, más de lo que merezco, pero es que…

—Es la caravana, lo sé —dijo Wendy—. No están pensadas para el invierno, ¿verdad?

Slim le dirigió una sonrisa.

—Estaré en contacto—dijo—. Si hay algo que descubrir… lo haré.

Wendy bajó la vista.

—Gracias, Slim.

Trevor se había despertado lo suficiente como para poder ofrecerle a Slim llevarlo hasta el pueblo. Pero justo antes de llegar a la plaza del pueblo, Trevor se arrimó al arcén, tan pegado al seto que Slim no podía salir sin pasar por encima del conductor.

—No siento que te vayas —dijo Trevor, mirando al frente—. Me imagino que pronto se apiadará de otro. Al menos tu no nos has jodido, como el último que se ahogó en el mar. No hacía más que decir que nos pagaría, pero no lo hizo.

—Eh... gracias. Te agradezco que me dejes…

—¿Quieres un consejo? —dijo Trevor, volviéndose bruscamente hacia Slim y mirándolo fijamente—. Te mudas allí y también podrías ir directamente a su cama. Es un problema, esa Margaret Maynard, o Chamberlain, o el nombre que esté usando ahora. Yo no respondería a llamadas nocturnas a tu puerta, pues podrías encontrarte enfrentándote a Tom y a sus puños a la mañana siguiente.

—Gracias por el consejo.

—De tal palo, tal astilla.

Slim no tuvo tiempo para preguntar a qué se refería Trevor, porque parecía que el hombre había terminado. Resoplando un gruñido, Trevor sacó el coche a la carretera antes de volver a frenar. Luego, inclinándose por encima de Slim, tiró de la palanca de la puerta y dio un fuerte empujón a ésta, indicándole que saliera.

Trevor no esperó. Casi antes de que Slim hubiera cerrado la puerta del pasajero, ya estaba dando la vuelta al auto y regresando por donde había venido. Slim observó cómo se alejaba el auto durante unos segundos, luego se dio la vuelta y encontró a Tom esperándole en el camino cercano.

—Gracias —dijo.

—Toda tuya —dijo Tom, entregándole un manojo de llaves—. Dame cinco minutos para enseñarte el sitio y luego te dejo acomodarte. ¿Sigues disponible para esta noche? Partido como locales.

Slim casi se había olvidado del club de snooker con todos esos trastornos.

—Claro —dijo.

Tom le dio una palmadita en el hombro.

—Tenemos que ganar —dijo—. Contamos contigo.

Slim mostró una sonrisa sombría.

—Gracias —dijo de nuevo.

29

—TE HE CONSEGUIDO algunas fotos de Frank Davis —dijo Don por teléfono—. Te las envío si tienes una dirección segura. Y he conseguido además descubrir algunos trapos sucios.

—Continúa…

—Fue acusado de agresión sexual por una compañera a finales de los noventa. La chica era una trabajadora temporal, empleada de oficina. Ella afirmó que la violó, pero se llegó a un acuerdo fuera de los tribunales. En ese momento Davis debería haber perdido su trabajo, pero supongo que la junta no tenía sustitutos y nunca se demostró, así que se quedó. Su historial después de aquello está limpio, inmaculado, hasta su jubilación.

—¿Ya lo has localizado?

—No, sigo en ello. Encontré una dirección antigua, pero se mudó el año pasado. Aún no he averiguado adónde.

—¿Y estas fotos… son fotos de expedientes policiales?

Don rio entre dientes.

—Fotos de pasaporte. No actúa en redes sociales, por

lo que parece. Un tipo de aspecto agrio, al menos en aquel entonces. Ojos grises azulados, cabello castaño. Ya lo verás cuando te las envíe.

—¿Y has conseguido los datos de contacto de la mujer que lo acusó? —preguntó Slim.

—Sí —dijo Don—. Me temo que murió en 2012, un accidente de tráfico. Nada sospechoso. Estaba en España y el conductor, su novio en ese momento, estaba borracho.

Slim suspiró.

—Fin de la pista —dijo.

—Tengo algo más —dijo Don.

—¿Sí?

—Parece que Margaret tenía razón. He conseguido obtener algunos informes sobre Richard Maynard de la oficina de su antiguo médico. Te sorprendería lo que puedes obtener en línea con saber cómo vulnerar un código de acceso. —Rio, sonando contento de sí mismo—. Tenías razón con respecto al MAVD. Llevaba un marcapasos desde los catorce años debido a un ritmo cardíaco irregular, pero el MAVD propiamente dicho le fue diagnosticado a los diecinueve años, después de que se quejara de dolores en el pecho durante un partido de fútbol de la liga local y fuera hospitalizado para hacerle análisis. Me imagino cómo debió sentirse al respecto, especialmente si le gustaban los deportes. Es una enfermedad que hace te hace peligroso incluso el hacer ejercicio. Los que la sufren tienen que cuidar su ritmo cardíaco en todo momento, y los accesos repentinos pueden ser fatales.

—Así que pudo matarlo una sorpresa.

—Claro. Es muy posible que muchas personas que supuestamente mueren de miedo sean enfermos no diagnosticados. Si Richard sufrió un shock ese día, pudo haber sido su fin.

30

EL NUEVO ALOJAMIENTO de Slim estaba a solo cinco minutos a pie de la plaza del pueblo, la iglesia y el ayuntamiento, con su club de *snooker*. Había llegado a Trelee con poco más que la ropa que llevaba puesta y, aparte de un par de jerséis y algunos pares de calcetines, su equipaje no había aumentado mucho desde entonces, así que cabía fácilmente en un par de bolsas de supermercado. Después de desempacar rápidamente, salió a caminar por el pueblo. Tenía que matar un poco de tiempo antes del partido de *snooker* de la noche, y de nuevo se encontró junto al gran árbol que miraba desde Pearl Lane hacia la casa de Margaret Maynard.

El sol se estaba poniendo, lo que lo hacía potencialmente invisible para cualquiera que mirara hacia allí, por lo que volvió a subirse a las ramas y luego se dio la vuelta para mirar hacia el pueblo. La casa, ligeramente mayor que las de sus vecinos, sobresalía de la hilera de árboles, como si intentara mirar hacia la calle. Sus ventanas superiores eran apenas visibles por encima del seto, pero Slim, sintiéndose repentinamente valiente, trepó un poco más alto y hacia la derecha. Apareció otra ventana, una que podría haber sido visible desde las ramas más bajas antes de que creciera el seto.

Consciente de que estaba bordeando peligrosamente lo apropiado, Slim empezó a bajar. Mientras lo hacía, se encendió una luz en la habitación. Se quedó paralizado. Una sombra cayó sobre la ventana y luego apareció una figura que cerró las cortinas.

El corazón de Slim latía con fuerza. Era Margaret, y había aparecido desnuda, solo con su ropa interior. Consciente de haber sobrepasado los límites de la decencia, bajó rápidamente, notando cómo sus dedos tiraban de la rama con la cicatriz mientras bajaba al suelo.

Una marca hecha por un anillo como el que usaba siempre Tom.

¿Había sido Tom el que estaba en el árbol ese día? ¿Había estado Tom vigilando la casa, haciéndole algún tipo de señas a Margaret?

La cabeza de Slim daba vueltas a las distintas posibilidades. Wendy había afirmado que Tom y Margaret habían sido vistos juntos incluso antes de la muerte de Richard. Si Slim podía probar que la muerte de Richard había sido sospechosa, había encontrado a alguien con un motivo claro.

Sintiendo la necesidad de un café fuerte, Slim regresó a la casa que le estaba alquilando un hombre al que ahora consideraba su principal sospechoso.

31

—No diste con algunos de tus golpes —dijo Alison mientras Slim la acompañaba de regreso al lugar donde había estacionado su coche fuera de la iglesia, al haber dejado las plazas del exterior del salón comunal libres para el equipo visitante—. Bueno, es verdad que aun así has ganado, pero hasta ahora nadie te había obligado a jugar con los colores—. Él captó su sonrisa bajo la única farola que había fuera de la iglesia—. Tal vez se te pueda ganar, después de todo.

—Tenía algunas cosas en la cabeza. —Encogió los hombros—. ¿Es demasiado tarde para un café? Ahora vivo a la vuelta de la esquina.

Alison rio.

—Preferiría dormir esta noche, pero podría valerme un zumo de naranja. Tom dijo que le habías alquilado su casa. Ha debido ser agradable dejar esa caravana.

—Sí, lo ha sido. Agradezco todo lo que los Nicolson han hecho por mí, pero no era un lugar muy cómodo, especialmente con viento.

—¿Y el nuevo es mejor?

—Mucho.

Habían llegado a la nueva puerta de entrada de Slim y éste la abrió para permitir entrar a Alison. Eran más de las diez de la noche y Slim se sentía un poco nervioso ante la idea de dejarla entrar. Sin embargo, cuando entró en el pasillo y encendió la luz, Alison dijo:

—Me alegro de que estés mejor. Estaba preocupada por ti la última vez.

Slim suspiró.

—Gracias. Te agradezco que me ayudaras. Gracias por ser una amiga.

La condujo a la pequeña cocina, con la que todavía se estaba familiarizando. No tenía zumo, así que Alison sonrió y se conformó con un café flojo. Slim hizo el suyo mucho más fuerte. El café nunca le había dado problemas para dormir. Sí le habían dado problemas muchas otras cosas.

—¿La encontraste por fin? —dijo Alison, tomando una silla de la sala de al lado.

—¿A quién?

—A Ellen Maynard. Todavía la estás buscando, ¿no? ¿O te has dado por vencido, ahora que eres el inquilino de la pareja de su madre?

Slim hizo una mueca. Alison sonreía como si hubiera intentado hacer una broma, pero Slim sintió de nuevo una punzada de arrepentimiento. No era justo que estuviera investigando algo relacionado con su nuevo casero. O seguía con el caso o aceptaba que había sólo una tragedia y se daba por vencido.

—Todavía estoy en ello. Pero estoy a punto de rendirme. Creo que no estoy persiguiendo nada…

—¿Tienes algo para continuar?

Slim frunció el ceño.

—Dijiste que habías sido su maestra, ¿verdad?

Alison asintió.

—Sí, lo fui. Por un tiempo.

—¿Tenía amigos?

— Bueno, supongo que había chicas con las que se llevaba bien. Aunque no del todo. Era un poco solitaria. La mayoría de los niños pensaban que era rara. Se supone que los maestros no deben saber esas cosas, pero escuchamos mucho más de lo que se piensa.

—¿La viste alguna vez con un chico? ¿Uno con el pelo rubio y la cara estrecha? ¿Alguien de aspecto raro?

Alison negó con la cabeza.

—No, nunca. Bueno, no es que la estuviera vigilando todo el tiempo, pero no que yo recuerde. ¿Has descubierto algo?

—Solo que parece que tenía un amigo imaginario. Lo llamaba Dicky Bird. He visto fotos y puedo entender por qué. Parecía un poco… como un pájaro.

Alison se limitó a reír entre dientes.

—Bueno, los chicos son así, ¿verdad? Tenía mucha imaginación.

—¿Alguna vez hizo dibujos en sus libros? ¿Algo parecido a eso?

Alison volvió a negar con la cabeza.

—No, que yo recuerde, pero ya te digo que no la vigilaba constantemente.

—Estoy tratando de averiguar si ese chico era una persona real o no.

Alison se encogió de hombros.

—Probablemente solo era un personaje que se había inventado —dijo—. Ser testigo de la muerte de Richard debió dejarle una terrible huella. Quiero decir, está claro que sufrió algún tipo de trauma.

Slim asintió.

—Eso mismo pienso yo.

32

Las luces de Navidad de la calle principal de Wadebridge no podían superar la penumbra que dejaba la incesante llovizna. Slim estaba parado en un portal, fuera del alcance de la lluvia, observando a los transeúntes. Había buscado y no había encontrado a la persona que había visto la última vez y parecía que la lluvia había mantenido en casa a la mayoría de la gente que no estaba haciendo compras navideñas.

Ellen no había vuelto a llamar. Si quería responder a las preguntas de Wendy, necesitaba hablar con la chica. Todo dependía de Ellen.

No quería volver al parque, pero no tenía otra opción.

Estaba a mitad de camino, con la lluvia arreciando, cuando perdió los nervios. Se detuvo y se dio la vuelta en dirección a las luces y la tranquilidad del pueblo.

No podía hacerlo. Había algo que lo asustaba, incapacitándolo para enfrentarse a la oscuridad. En las últimas semanas había comenzado a dormir con una luz encendida, como un niño asustado, temeroso de que la oscuridad hiciera que los demonios que luchaba por mantener a raya lo inundaran y abrumaran.

Pero había un demonio que a veces pensaba que estaba de su lado.

Había llegado a la feria de Navidad. Se detuvo en un puesto que vendía vino caliente, compró un tazón grande y se lo bebió de un trago, sintiendo que le inundaban dos tipos de calor. Compró otra taza y también se la tragó entera y después, ante la mirada preocupada del propietario, una tercera, que fue bebiendo mientras subía por la calle.

El zumbido había vuelto, pero era ligero, un mero cosquilleo. Necesitaba algo más fuerte.

Las luces de una licorería lo atrajeron. Encontró una zona de ofertas y compró lo más barato, una botella de ginebra corriente. Luego, tomando sorbos constantes directamente de la botella, se dirigió al parque.

La lluvia seguía cayendo. Aunque su abrigo mantenía seca, intacta la mayor parte de su cuerpo, su cabello y rostro estaban empapados.

Llegó al parque y dejó atrás el reconfortante resplandor de la última farola, para entrar en una oscuridad lúgubre y húmeda. Tropezó con un desnivel y cayó de rodillas, arañándose las palmas de las manos. La botella, de la que había desaparecido la mayor parte de su contenido, cayó en algún lugar.

—¿Dónde estás? —murmuró, y luego dijo, más alto—: ¿Dónde estás, Ellen?

—Estoy aquí —dijo una voz serena, que al principio Slim pensó que estaba dentro de su cabeza. Entonces oyó un crujido por encima de la incesante lluvia y miró hacia arriba.

Una silueta perfilada por el resplandor emitido por la

farola más cercana estaba sentada en las ramas inferiores del árbol por encima de él.

— Estoy aquí —dijo Ellen Maynard de nuevo, y esta vez saltó a su lado. Sus pies descalzos aterrizaron con un chapoteo en el barro al lado del camino. Estaba apenas vestida, con algunas prendas harapientas colgando de su cuerpo escuálido. Un mechón de cabello empapado enmarcaba un rostro inocente sólo iluminado en su mitad. Ellen lo miró como un extraterrestre miraría a un astronauta en un aterrizaje forzoso. Slim sonrió, preguntándose si sería apropiado ofrecerle su abrigo empapado.

—¿Ellen Maynard? —preguntó—. Te he estado buscando.

—Lo sé —dijo, con una voz apenas audible en la lluvia—. ¿Por qué? ¿Qué quieres?

33

TUMBADO en la oscuridad mientras la lluvia caía a cántaros a su alrededor, Slim vomitó la mayor parte de la ginebra antes de que su cuerpo pudiera asimilarla, por lo que, tras seguir la figura sombría de Ellen hasta un garaje abandonado al lado de la carretera en el otro extremo. del parque, había recuperado la mayor parte de su consciencia. Ella lo condujo a lo largo de un arcén, iluminado por una sola farola de luz tenue cubierta por telarañas que brillaba bajo la lluvia y alrededor de la parte trasera del edificio de dos pisos hasta una puerta trasera. Para sorpresa de Slim, sacó una llave y entró, y luego lo esperó.

Estaba oscuro en su interior y el aire seco olía a aceite de motor. Ellen, con los pies resonando suavemente sobre el suelo de hormigón, se dirigió directamente a una escalera iluminada por una luz que entraba por una ventana rota.

Esperó a que Slim llegara al piso superior y a continuación lo empujó suavemente a un lado como una madre que aparta a un niño. Ante la mirada de Slim, se agachó inclinándose hacia adelante y retiró los dos escalones superiores de madera, dejando a la vista un peligroso hueco en la escalera. Dejó las tablas a un lado y luego cerró la puerta.

Una ventana ofrecía una vista de la carretera exterior, un círculo de asfalto iluminado por una farola, con la lluvia brillando tenuemente bajo el resplandor de su luz. Ellen la cerró rápidamente tirando de una sábana negra que estaba fijada con clips de plástico sobre un viejo riel de cortina. Luego se dirigió a un rincón y encendió un pequeño quinqué, que bajó al mínimo. A la luz se veía pálida y frágil, con los ojos muy abiertos por el asombro y la consternación. Se parecía a la niña que Slim había visto en las fotografías, mucho más que a quien debía ser una chica de diecinueve años, como si parte de ella nunca hubiera envejecido después de aquel fatídico día en el parque.

Lo miró sin articular palabra. Slim la estudió en busca de signos de abuso de drogas: huellas, acné, cicatrices, pero para su sorpresa no vio ninguna. La joven estaba claramente desnutrida y sus gestos sugerían una enfermedad mental, pero tenía mejor aspecto del que esperaba.

Seguía en cuclillas junto a la lámpara, mirándolo. Extendía una mano, con la palma hacia arriba. Slim metió instintivamente la mano en el bolsillo, sacó un par de billetes y se los entregó. Ellen ni siquiera los miró, sino que los puso en el suelo detrás de la lámpara y luego señaló un colchón contra una pared con una pila desordenada de ropa de cama encima.

Slim, al darse cuenta de repente de lo que ella estaba pensando, sacudió decididamente la cabeza cuando Ellen se puso de pie y comenzó a desvestirse, quitándose su jersey delgado y raído.

—Lo siento si te he hecho pensar otra cosa. No he venido para eso. Por favor, para.

Esperó unos segundos, mirando el resto de la habitación. En su momento había sido una especie de oficina. Había una pequeña cocina en un rincón. A su lado había botellas de agua de plástico por el suelo, con tapas diferentes, como si se hubieran rellenado. Un pequeño infiernillo de gas. Una bolsa de manzanas y un corazón de manzana dejado a un lado del fregadero. Una caja grande de cartón de Cup Noodles, comprada a granel. Unos paquetes de pasta barata de supermercado.

—¿Qué quieres? —dijo con voz tranquila, y Slim se dio la vuelta. Ellen se había vuelto a poner el jersey y se había quedado mirándolo. Parecía igual de frágil y fría, y esta vez Slim se desabrochó el abrigo y empezó a quitárselo.

—Debes estar helada. Toma.

Ellen negó con la cabeza. Se acercó a la pila de mantas y se sentó, colocándose una sobre las piernas y otra sobre los hombros.

—¿Qué quieres? —repitió Ellen.

—Me llamo Slim Hardy —dijo Slim—. Era investigador privado. Tuve ciertos problemas y he acabado en tu pueblo. Tu tía me hizo un gran favor y, a cambio, me pidió que se lo devolviera. Tu padre, Richard, murió en circunstancias extrañas. Tu tía Wendy no se cree la historia oficial. Le prometí investigarla. Estuviste allí esa noche. Solo me gustaría preguntarte qué le pasó a tu padre.

Ellen lo miraba fijamente, con los ojos parpadeantes muy abiertos. Frunció el ceño, ladeando la cabeza hacia un lado.

—Richard —dijo lentamente, como si fuera una palabra que nunca hubiera oído antes pronunciar—. Richard.

—Richard Maynard —dijo Slim, pensando que en su delicado estado mental podría no entender—. El esposo de Margaret, padre de Sarah y tuyo, Ellen. Murió oficialmente por un infarto en un parque cerca del ayuntamiento de Trelee. Fuiste la única testigo…

Ellen volvió a fruncir el ceño y sacudió la cabeza. Slim empezaba a preguntarse dónde podía estar la mente de la joven, cuando dijo en un repentino y áspero susurro:

— No, no, no. Richard no. Richard no era mi padre.

34

CUANDO SE DESPERTÓ, no estaba seguro de dónde estaba. La penumbra y el frío de la noche anterior habían desaparecido, reemplazados por un cielo azul claro que llenaba la habitación de luz a través de la única ventana grande. Estaba acostado bajo una manta que olía a pintura, y Ellen ya se había levantado y estaba agachada junto al infiernillo, calentando agua.

—Buenos días —dijo con una voz suave y frágil.

—Me he quedado dormido —dijo, declarando algo obvio.

—Sí.

—¿Qué hora es?

—Por la mañana.

Tardó unos minutos en encontrar su teléfono y su pequeño reloj digital, que le reveló que no podía volver a Trelee a tiempo para llegar al trabajo.

—Necesito hacer una llamada —dijo.

—Vale.

Bajó las escaleras. Cuando le pidió que repusiera los peldaños que faltaban, la respuesta de Ellen fue encogerse de hombros. Tras bajar, se quedó entre la maleza de la parte trasera del edificio mientras llamaba a Tom, fingiendo estar enfermo. Tom parecía frustrado, pero Slim prometió tomarse la medicina y pasarse un rato después de la comida.

Unos minutos más tarde, cuando volvió a subir, Ellen le dio un Cup Noodle y una manzana.

—Gracias. Me disculpo de nuevo por lo de ayer. No tenía intención de entrometerme en tu vida. Solo le prometí a tu tía que te encontraría.

Ellen asintió. Ella lo observaba mientras mordía su manzana. Estaba un poco más vestida que el día anterior, solo un jersey delgado y agujereado que le colgaba de un hombro y un par de mallas negras. Estaba otra vez descalza.

Comieron en silencio durante unos minutos. Ellen hirvió más agua y preparó un té suave con una bolsita que se había usado varias veces, sirviéndolo en unas tazas viejas y desportilladas que probablemente había encontrado en los armarios del edificio abandonado. Una tenía el símbolo de Toyota y la otra decía FERIA DEL MOTOR DE LONDRES 1998 con letras gastadas y descoloridas.

—¿Vives aquí? —dijo Slim finalmente, rompiendo un silencio que parecía más natural que incómodo. Había descubierto enseguida que Ellen era una chica de pocas palabras.

Ella asintió.

—Sí.

—¿Desde hace cuánto?

Ellen sorbió su té y encogió los hombros.

—Bastante. Entro y salgo.

—¿Sabe alguien que estás aquí?

Otro encogimiento de hombros.

—Mamá.

La noche anterior, mientras su mente daba vueltas a todo lo que había sucedido, había deducido poco de las atrofiadas respuestas de Ellen mientras estaban sentados uno al lado del otro en la penumbra. Pero algo que sí había averiguado era que Margaret se reunía periódicamente con su hija y le daba dinero. Era evidente que era un secreto para Tom, pero iba contra todo lo que Wendy había afirmado sobre Margaret. Tal vez no era el monstruo que le habían hecho suponer.

—¿Tu mamá es Margaret? ¿Margaret Maynard?

—Sí.

Slim la había presionado demasiado con sus preguntas la noche anterior, cuando, influido por el alcohol, le había pedido respuestas. Sin embargo, en lugar de reaccionar agresivamente, Ellen se había acurrucado a su lado y se había quedado dormida, tal vez confortada por la presencia de un hombre que estaba claro que no quería más que hablar. Slim había terminado poniendo sobre ella un brazo protector, igual que haría un padre con un hijo enfermo. Le anegaron viejos y nuevos recuerdos de cartas aplastadas en la basura y de los ojos de un niño y los gritos de una madre angustiada.

Se había despertado con sus mejillas mojadas por las lágrimas.

Esta vez acudió a su antigua formación en interrogatorios con la esperanza de sonsacar a Ellen cualquier secreto que pudiera recordar.

—Tu tía Wendy está preocupada por ti —dijo—. Espera que la llames.

Ellen se limitó a mirarlo por encima de su taza de café, con las dos manos ahuecadas alrededor de ella.

—Está bien —continuó—. Sólo quiere estar segura de que tienes suficiente comida y dinero.

Esta vez Ellen lo miró.

—Vale —dijo.

—Está preocupada porque tu último domicilio fue desalojado. Si necesitas un lugar donde quedarte, ella puede ayudarte.

Ellen miró a su alrededor como si las paredes y las mantas sucias fueran una confirmación de que estaba bien.

—¿El dueño de este lugar sabe que estás aquí?

Ellen lo miró durante varios segundos, frunció el ceño y luego asintió brevemente. Slim no quiso pensar qué podía implicar eso. Decidió seguir una táctica diferente, preguntándose si presionarla con su estilo actual de vida era la mejor de las ideas.

—He oído que te gusta pintar —dijo—. Yo no soy pintor, pero puedo apreciar un buen cuadro.

El rostro de Ellen resplandeció con una amplia sonrisa y se puso de pie, caminando hacia las escaleras. Cuando llegó a ellas, hizo un gesto a Slim para que la siguiera y se dirigió abajo rápidamente. Slim la siguió con algo más de tiento.

Ellen le estaba esperando en la parte inferior, junto a una puerta que conducía al garaje. Cuando la abrió, salió de ella un espeso olor aceitoso, la fuente del olor acre que impregnaba todo.

Ellen entró. Slim la siguió, pasando por la puerta justo cuando Ellen descorría una cortina de una amplia ventana sobre las puertas dobles del garaje, inundando el espacio de luz.

Slim miró fijamente. El antiguo garaje del mecánico se había transformado en el estudio de una artista. Había docenas de lienzos sobre caballetes, mientras otros estaban apilados contra las paredes. Las mesas estaban cubiertas con cuadernos de bocetos de hojas sueltas y en un rincón había una pila de cajas de pinturas al óleo sin abrir, cajas de pinceles, pilas de papel y rollos de tela, todo lo cual parecía mucho más caro que unos Cup Noodles o una bolsa de manzanas.

—Eres una artista —fue todo lo que Slim pudo decir mientras miraba a su alrededor, observando las imágenes iluminadas por el sol y las que aún estaban ocultas en la sombra—. Tu trabajo es… impresionante.

Y lo era. Tal vez Ellen estaba algo por debajo de la excelencia en lo que se refería a su habilidad técnica, pero era mucho mejor que muchos artistas que Slim había visto con una obra comercialmente viable. Si la joven abriera una tienda, podría ganarse la vida cómodamente.

La mayoría de las pinturas eran temas campestres, paisajes de árboles y campos, flores de primavera, hojas de otoño o nieve en lo alto del acantilado en invierno. No había pueblos y se veían pocas personas, pero donde había, Slim notó algo inusual: en la mayoría de los casos, mientras el campo estaba bien enfocado, la gente aparecía borrosa, como manchas de colores ásperos contra un fondo más armonioso.

Mientras miraba a su alrededor, descubriendo más y más personas en las pinturas, advirtió otro tema común: parecían mostrar miembros de una familia. Una figura, una niña pequeña, tenía ropa más clara y distinta que las otras, como si fuera un detalle que Ellen recordara bien, aunque su rostro también estaba borroso. Y la niña aparecía en todos los cuadros donde había gente, a veces con otras figuras, a veces sola.

Ellen estaba de pie junto a su hombro, respirando con un suave susurro, con su olor a hojas como el agua de lluvia. Slim la miró, esperando a que ella levantara la vista hacia él.

—Es tu infancia, ¿verdad? Has pintado todo de memoria. No se te dan bien las palabras, así que pintas todo, ¿verdad?

Ellen sonrió.

—Sí —dijo con voz calmada, sonriendo mientras una única lágrima resbalaba por su mejilla, luego se inclinó hacia Slim y él la rodeó con un brazo mientras ella sollozaba, suavemente contra su pecho, como si fuera algo frágil y herido.

35

LA TARDE HABÍA SIDO DURA. Tom, claramente consciente de que la mañana libre de Slim se había debido a un exceso de un alcohol que había afirmado que no podía beber, lo exprimió a fondo, haciendo que moviera una carga de troncos cortados: de un lugar aparentemente inocuo, a otro, a solo seis metros de distancia. Mientras Tom aplaudía y murmuraba algo sobre un mejor arco de giro para la camioneta, Slim sintió que Tom le estaba dando una lección.

De camino a su nuevo alojamiento (propiedad de su jefe, se recordó a sí mismo), pasó por el almacén y compró un calendario para el próximo año. Cuando llegó a casa, lo colgó en la cocina y fue a la página de diciembre de ese año y adoptó una especie de estrategia de marketing anticipadora, poniendo una X en la fecha del día anterior. Luego, enganchando el bolígrafo a la esquina superior del calendario, miró el día de hoy y esperó que mañana pudiera agregar un círculo en su lugar. Echando a X una última mirada de reproche, se preparó un café fuerte y se retiró a una sala de estar mucho más cómoda de lo que tal vez se merecía.

Todavía se estaba esforzando por asimilar los acontecimientos de las últimas veinticuatro horas. Había pensado poco en Ellen desde que la había dejado de mala gana esa mañana para tomar un autobús de regreso a Trelee. Se habían despedido como buenos amigos, con Ellen accediendo a que Slim pudiera volver a visitarla cuando quisiera. Consciente de cómo estaba probablemente ganando el dinero para comprar su material de pintura, Slim le había dado todo lo que había podido, haciéndole promesas huecas de más dinero, con la esperanza de mantenerla alejada de las calles.

También tenía más preguntas, pero por ahora, ganarse su confianza era suficiente.

Estaba pensando en irse a la cama cuando sonó su teléfono.

—Don —dijo Slim, respondiendo la llamada—. ¿Has descubierto algo?

—Frank Davis —dijo Don—. ¿El patólogo? Lo he encontrado. No está muy lejos, aunque no te lo creas. Vive en una pensión en St. Ives.

Slim imaginó un mapa en su cabeza, luego frunció el ceño.

—Eso es una hora conduciendo en dirección suroeste. ¿Qué hace viviendo allí?

—Bueno, según mis fuentes, perdió su casa en un acuerdo civil y desde entonces vive en la pensión todo el año. Es propiedad, por lo que se ve, de un antiguo colega de Frank, pero escucha esto: paga directamente su renta al propietario con cargo a los pagos de su pensión. Parece que el Sr. Davis tiene problemas para cuidar de su dinero.

—¿Juega?

—Puede ser. No lo sé. Imagino que si le haces una visita, un pequeño soborno le hará hablar.

Slim anotó los detalles y luego colgó. Era una buena pista, pero no estaba seguro de que fuera de mucha utilidad ahora que había encontrado a Ellen. Además, le había dado todo su dinero de reserva a la joven y no tenía forma de conseguir más. Había venido a Trelee con su cuenta vacía y su única posesión era la ropa que llevaba puesta.

Cogió una carpeta con sus notas y las colocó en el sofá a su lado. Ellen tenía la clave de cualquier misterio que hubiera, pero llevaría tiempo sacarle la información. Si no lo conseguía, sólo tenía especulaciones y rumores.

Algo que había notado en el estudio de Ellen era que no había más pinturas del llamado Dicky Bird. Las figuras de sus pinturas eran sin duda sus padres y su hermana, Sarah, pero ninguna mostraba un misterioso niño de pelo blanco. Parecía que la pintura escondida detrás del papel pintado de su antiguo piso se había ocultado con motivo. Slim, que había usado el pretexto de transmitirle un mensaje de Wendy para encontrarse con Ellen, no había encontrado manera de meter al niño en la conversación. La revelación de Ellen de que Richard no era su padre era todo lo que tenía para continuar. Había tratado de cambiar de conversación para volver a ello, pero Ellen saltaba a otros temas cual pájaro que va de rama en rama.

Pronto necesitaría que se quedara quieta, y tal vez entonces podría conseguir las respuestas que necesitaba.

—SLIM, realmente creía que me habías abandonado.

—En absoluto —le dijo Slim a Wendy por teléfono—. De hecho, probablemente esté más implicado que nunca. ¿Podríamos quedar en algún sitio? Me gustaría echar otro vistazo a esas fotografías de Richard, si no te importa. Y si tienes alguna de las chicas en la escuela… también me gustaría mucho verlas.

Wendy lo recogió a la vuelta de la esquina de la serrería unos minutos después de irse a casa. Condujo un breve trayecto por la costa hasta Port Isaac, donde Wendy conocía un café que permanecía abierto hasta las siete de la tarde. Acomodados en un rincón junto a una ventana con vistas al pequeño puerto de la cala inferior, Slim pidió un café para él y una taza de té para Wendy. Después de que les trajeran las bebidas, Wendy sacó la caja de fotografías.

—¿Qué buscas? — le preguntó a Slim, quien, con guantes, las sacaba y las examinaba una a una.

—No estoy seguro —dijo—. Cualquier cosa fuera de lugar. Una pista, tal vez. Lo sabré cuando lo vea.

—Te he traído todas las fotos de la escuela que he pedido encontrar —dijo Wendy, entregándole una bolsa de plástico más pequeña—. No tengo muchas. Margaret debe de tener la mayoría, pero supongo que no puedes pedírselas.

Slim negó con la cabeza.

—Déjame ver éstas. Puede haber algo.

—Richard sabía lo orgullosa que estaba yo de las chicas —dijo Wendy—. Sin hijos propios, casi las consideraba como mías. Sé que a Margaret no le gustaba, pero me daba fotos de ellas cuando podía.

Había varias fotos normales de clase de Sarah y Ellen. Slim se fijó en las caras de los demás niños, buscando a alguien que encajara con la descripción de Dicky Bird, pero aparte de una niña de pelo blanco, no había nadie. Otras fotos las mostraban en festivales y eventos escolares, mientras que una era de Sarah recibiendo un premio de manos del director de la escuela.

—Era una niña inteligente —dijo Wendy—. Siempre era la mejor de su clase.

—¿Ahora no tienes contacto con ella?

Wendy suspiró.

—Solía llamarme por teléfono una o dos veces al año, pero ahora ni siquiera eso. Me ha dicho claramente que está harta de Trelee y Cornualles. Vive feliz en Londres y no tiene intención de volver.

—¿Crees que podría contactarla?

—Puedo darte el número que tengo, pero te puedo asegurar que no querrá hablar contigo. Mencioné mis sospechas una vez y me dejó de hablar durante más de un año.

—Me gustaría intentarlo de todos modos. Por si acaso.

—Claro. Te lo doy.

Slim miró con atención las fotografías, deseando que

revelaran algún secreto. Las fotografías siempre dicen más que lo que se ve, si sabes mirar.

Volvió a mirar las fotografías de Richard. Wendy había escrito a lápiz en el reverso las fechas aproximadas y, como le había dicho antes, hubo un momento, unos meses antes de su muerte, en que el comportamiento de Richard comenzó a cambiar claramente. Seguía sonriendo en muchas de las fotos, pero con una expresión forzada, con una mirada perdida en sus ojos.

Había algo además… algo que Slim no podía precisar. Estaba allí, en la sombra, esperando a ser descubierto, pero por ahora se le ocultaba, le esquivaba. Cerró los ojos, pensando en Ellen. Aún no le había dicho a Wendy que la había conocido, pero pronto tendría que hacerlo….

Y entonces lo vio, frente a él. Se estremeció, sintiendo como si unos dedos fríos se hubieran cerrado sobre sus hombros y trataran de arrastrarlo hacia atrás de la silla.

Juntó varias fotografías, alineando fotos de Ellen a los tres y cinco años, luego una más tarde de una Ellen hosca en una foto de clase unos cinco años después de la muerte de Richard. Pensó en el aspecto de la joven cuando la había conocido y también lo comparó.

— Su pelo —dijo en voz baja—. Está cambiando de color.

37

ERA TARDE CUANDO LLAMÓ A ALISON, pero de todos modos parecía contenta de saber de él.

—¿Vas a venir este fin de semana? —preguntó—. Tom se quedó preocupado al no verte en el entrenamiento de esta noche. Dijo que te había llamado pero estabas fuera.

Slim se había olvidado por completo del entrenamiento de billar de la noche mientras se reunía con Wendy, y no había cobertura en el café de Port Isaac. Se apuntó mentalmente que tenía que pensar en una buena excusa para Tom por la mañana.

—Tuve algo de lío —dijo—. Me olvidé. Iré el fin de semana.

—Genial, me alegro de oírlo. Dos victorias más y prácticamente tenemos ganado el trofeo.

Slim se quedó en silencio por un momento. Alison dijo:

—¿No has llamado por el *snooker*, verdad?'

—No. Solo quería preguntarte algo. Sobre Ellen Maynard, de cuando eras su maestra.

—Vale, está bien. —El tono de Alison había cambiado,

como si se resistiera a continuar la conversación—. ¿Qué quieres saber?'

—Su pelo… era muy claro, ¿verdad?

—Sí… muy rubio.

—Pero Sarah, tenía el pelo oscuro, ¿no? Tanto su madre como su padre tenían el pelo oscuro.

—Castaño oscuro, sí.

—He visto fotos de ambas cuando eran niñas. Su cabello era del mismo color, pero Ellen siempre lo llevaba corto, casi como un chico, así que no me di cuenta al principio, hasta que lo vi fotos posteriores, y se había aclarado. Pero no era solo eso, los tonos eran ligeramente diferentes de una fotografía a otra. Se lo comenté a Wendy y me dijo que pasaban mucho tiempo en la playa cuando eran niñas, su cabello se decoloraba en el verano y se oscurecía nuevamente en el invierno. Pero no. El de Ellen cambiaba, pero el de Sarah seguía igual. Luego, tras de la muerte de Richard, el cabello de Ellen se aclaró y se quedó así.

—Ya veo. Creo que ya sé a qué te refieres.

—Alguien teñía el pelo a Ellen. Margaret. Tiene que ser eso. Nadie más podía hacerlo.

Alison se quedó callada. Slim se preguntó cuánto de lo que había deducido había estado generando rumores durante años, burbujeando justo debajo de la superficie.

—Encontré a Ellen —dijo Slim—. Me dijo que Richard no era su padre. Y le creo. Quiero decir, las chicas podían parecer hermanas con el mismo color de pelo, especialmente cuando eran jóvenes. Pero a medida que crecían, las diferencias se hacían más evidentes.

—¿Crees que Richard no era el padre de Ellen, pero Margaret trataba de ocultarlo tiñendo el pelo a su hija? —Alison sonaba cansadamente sorprendida.

—Eso es exactamente lo que pienso.

—¿Entonces quién es el padre?

Slim sonrió sombríamente al teléfono.

—Es evidente, ¿no? —dijo, sintiéndose bastante culpable al pensar en el hombre de cabello color arena que se había portado con él mejor que nadie desde que se había lanzado a la orilla del mar como un trozo de madera a la deriva—. Es Tom, ¿verdad? Tiene que serlo.

38

A VECES agradecía el trabajo manual duro. Tom siempre lo necesitaba, especialmente en los días despejados y casi cálidos. Con abrigo, gorro y guantes, incluso podía sudar un poco mientras cargaba madera en la camioneta de Tom. Levantar, transportar, depositar; era una rutina simple, que le daba mucho tiempo para pensar.

Como había sospechado, sus revelaciones no habían sido precisamente una novedad. Alison le había dicho antes de cortar la llamada que esas sospechas habían comenzado entre las chismosas de Trelee años atrás, después de que Richard muriera.

—Me dijeron que fue por el estrés —le había dicho Alison a Slim—. Eso me dijeron. Ya se sabe que a los niños un trauma puede causarles manchas grises en el cabello. Es uno de los pocos signos visibles de TEPT que no requiere análisis mental. Quiero decir, hay otras causas, pero puede ser una de ellas. Oí que Margaret decía que después de la muerte de Richard había empezado a teñir de rubio el pelo de Ellen para igualar los tonos de color. Pero parece más probable que simplemente hubiera dejado de teñirlo y lo hubiera dejado crecer de su color natural.

—Eso es sin duda prueba de un incorrecto actuar.

Alison suspiró.

—Moralmente, tal vez. Pero no es ningún delito, Slim.

Tenía razón. Su investigación podría estar descubriendo detalles de una aventura extramatrimonial de Margaret, pero no estaba más cerca de descubrir asuntos delictivos relacionados con la muerte de Richard Maynard. A menos que Ellen tuviera algo más que añadir, estaba llegando a un callejón sin salida.

—Es para regalos de Navidad —dijo Slim a Tom con una sonrisa tímida y un encogimiento de hombros—. En realidad, aún no he comprado ninguno…

Tom, sentado al otro lado de la mesa, suspiró.

—Bueno, supongo que ahora mismo podría darte la mitad del pago de la semana que viene. Eso es lo más que puedo hacer.

—Te lo agradezco.

Tom sacó de debajo de su camisa una cadena con una llave. Slim tomó nota con atención: era evidente que su muestra de confianza podría repetirse si fuera necesario. Tom abrió con la llave un cajón y usó otra que había dentro de éste para abrir una caja de metal. Slim vislumbró un fajo de billetes antes de que los dedos de Tom ocultaran el contenido.

—Está bien… esto debería bastar. —Cerró con llave la caja y luego hizo lo mismo con el cajón. Después de deslizar el llavero bajo de su camisa, entregó un fajo de billetes a Slim—. No puedo darte más, así que no lo pierdas —dijo con una sonrisa—. No quiero pedirte que trabajes gratis el día de Navidad.

Slim observó a Tom mientras el hombre ordenaba y luego se disculpaba y regresaba al patio, dejando que Slim terminara el bocadillo en su hora de la comida. Era un hombre tranquilo y ordenado, y no parecía el tipo de hombre con secretos o aventuras. Era sincero y directo y, si no le traicionabas, amigable. Que hubiera engendrado a Ellen a espaldas de Richard parecía absurdo… pero las evidencias estaban ahí, justo delante de las narices de Slim.

Recordó lo que había oído decir a Tom fuera del club de billar la noche de su primer partido: «Ésa no da más que problemas. Lo mejor que he hecho nunca ha sido alejarla de su madre. Debería estar bajo tierra, con su padre».

¿Era posible que Tom ni siquiera supiera lo de Ellen? ¿O él lo sabía, pero la chica no? Si Ellen era hija de Tom, ¿por qué un odio tan evidente?

Slim suspiró. Se sentía como si estuviera en medio de una telenovela. Tal vez Alison tenía razón. Los únicos pecados que había encontrado eran morales. Tal vez debía dejarlo.

De repente, oyó una voz en su cabeza. «Por favor, ha vuelto y se la ha llevado. Ayúdame, Slim. Por favor».

Sacudió la cabeza. Aún no. Tenía que llegar a algún tipo de conclusión. Aunque sólo fuera para su propia cordura. Había pensado que su último caso había concluido, pero había cometido un error. Y una niña había muerto.

«No había muerto, Slim. La asesinaron»

Cerró los ojos y se pellizcó la nariz, esperando a que pasara esa terrible sensación de arrepentimiento. Le golpeaba como los platillos de una batería gigante, y lo único que podía hacer era aguantar hasta calmarse, hasta que pudo arrinconarla el tiempo suficiente como para continuar con el resto de su día.

Un golpe en la ventana lo hizo darse la vuelta. Tom estaba afuera. Mostró a Slim una sonrisa irónica y luego le dio un golpecito a su reloj de muñeca.

—Muévete.

—Lo siento —le dijo Slim al cristal, pero Tom ya se había ido y cruzaba el patio a grandes zancadas. Slim sacudió la cabeza, se metió un último trozo de bocadillo en la boca, se puso de pie y salió.

39

EL PEQUEÑO TREN turístico que llegaba a St. Ives desde la atracción St. Erth Park and Ride, daba un agradable rodeo a lo largo de algunas de las costas más pintorescas de Cornualles, pasando por la amplia extensión de Hayle Beach y las exclusivas villas de Carbis Bay. Sin embargo, Slim fue incapaz de disfrutar del paisaje mientras reflexionaba sobre lo que diría siempre y cuando lograra que Frank Davis hablara con él. Ya había decidido que un soborno no funcionaría. Cien libras podrían pagar la cesta de la compra de un anciano, pero no lo convencerían de compartir ningún secreto oculto durante mucho tiempo, y Slim no tenía forma de obtener más, salvo robando al hombre que le había proporcionado trabajo y un techo.

Tal vez sería mejor una línea dura. O tal vez podría usar su alter ego, Mike Lewis de la BBC, para convencer a Davis de que había algo más para él.

Se bajó del tren en la estación de St. Ives y caminó por el paseo marítimo hasta el bonito barrio pesquero, donde compró un café para llevar, en una cafetería abierta. Para ser mediados de diciembre, el pueblo estaba sorprendentemente activo, sobre todo con parejas mayores con abrigos de diseño adecuados para el viento y para caminar a lo largo del espigón del puerto y ver el oleaje del Atlántico estrellarse contra los diques de hormigón.

Con las manos bien metidas en los bolsillos de su abrigo, Slim localizó la pensión en la que ahora vivía Frank Davis y luego deambuló por un rato, calibrando en sus opciones. Igual que muchos casos en el pasado que parecían herméticamente cerrados, necesitaba alguna forma de abrir la lata, de patear la colmena para derramar su contenido. Independientemente del peligro que pudiera acarrear, necesitaba una pausa.

En otro momento, podría haber ido a un pub en busca de inspiración, pero ahora, mientras estaba de pie frente a un escaparate, mirando su reflejo, se le vino a la cabeza una idea repentina y ridícula.

Tenía cincuenta años, y parecía tenerlos todos ellos y más, pero con su abrigo, un sombrero calado sobre la cabeza y una bufanda que había tomado prestada de un cajón del vestíbulo de su nueva casa, podía afirmar que tenía cualquier número de años entre treinta y sesenta, y era probable que se la creyeran por un rato.

Donald Lane no había descubierto pruebas que respaldaran el rumor de que Margaret Maynard había dejado la escuela a los quince años debido a un embarazo. En los rincones oscuros de los patios de recreo podían alimentarse todo tipo de rumores, pero era una base suficiente para trabajar. Con una renovada sensación de confianza, Slim regresó a la pensión de Frank y se dirigió al mostrador de recepción.

Tocó un timbre y esperó a que viniera alguien. A un lado, unas escaleras llevaban a las plantas superiores y al otro un pasillo se dirigía hacia la derecha. A través de una puerta ligeramente entreabierta a la derecha se veía una salita de té. Solo había una persona dentro, un anciano de espaldas, con una calva en la coronilla que delataba su edad. Tenía una tetera a su lado y un periódico abierto sobre la mesa.

En cuanto apareció una joven recepcionista, Slim se dio cuenta de quién tenía que ser el hombre.

—Hola y bienvenido. ¿Busca habitación?

—En realidad, me preguntaba si podría hablar con el señor Frank Davis. Soy un viejo amigo —dijo.

—Um, no sé, podría preguntar…

Slim tuvo la intuición de que Frank no iba a estar de acuerdo. Así que sonrió a la recepcionista y dijo:

—¿Es ése?

—Bueno, sí…

—Es sólo un minuto —dijo Slim, alejándose de la muchacha y empujando la puerta. Ignoró sus protestas mientras se acercaba a la mesa de Frank.

—Perdone, ¿Frank? ¿El señor Davis?

—Señor Davis, lo siento…

Frank levantó la vista. No parecía mucho mayor que Slim, a pesar de estar jubilado, y el plan de Slim le pareció lamentable. Sin embargo, había llegado demasiado lejos como para echarse atrás.

—¿Qué quiere? —dijo Frank.

— Señor Davis, solo quería conocerlo. Tal vez no me recuerde, o tal vez nunca haya sabido que existía. Pero quería conocerlo de todos modos. Espero que al menos recuerde a mi madre, Margaret. Mi nombre es Mike y… soy tu hijo.

40

Slim había esperado que Frank le atacara, o al menos lo amenazara con la policía. Lo que no esperaba era que el hombre lo mirara fijamente antes de estallar en una gran carcajada.

—¿De qué hablas, chalado?

—Margaret Chamberlain… mi madre. Fuiste su maestro. La dejaste embarazada y por eso dejó la escuela. Me dieron en adopción. Nos reencontramos el año pasado y me contó todo…

La chica seguía merodeando, pero Frank le indicó que se fuera con un gesto irritado que podía haber usado para espantar una mosca.

—Puedes dejarnos, Abigail. Yo me encargo de este idiota.

Mientras la joven se retiraba a la recepción, Slim miró al hombre que tenía frente a él. Frank Davis probablemente nunca había sido atractivo. Su rostro parecía inclinarse de un modo descentrado, con la nariz ligeramente torcida. Un ojo se desviaba un poco y su boca solo podía expresar un gesto de burla en lugar de sonreír. Era un rostro cruel, lascivo, poco amable.

—Ella me contó todo…

—Entonces te mintió. Nunca la toqué. Puede que fuera el único que no lo hizo, pero él se aseguró de eso…

El comedor estaba vacío, salvo ellos dos. Hubo algo en Slim que se agitó, y agarró al anciano por el cuello, levantándolo del asiento.

—¿De qué hablas?

—¡Suéltame! Te gusta pegar a los viejos, ¿verdad? ¿Te gusta usar los puños?

Slim miró fijamente a los ojos de Frank… al ojo. El que estaba ligeramente desviado era de cristal. Era una buena prótesis, imperceptible desde lejos. Soltó a Frank.

—Lo siento. No quería hacerlo. He perdido los papeles. Por favor… ruego me disculpes.

—Vete a la mierda. ¿Quién eres tú, de todos modos, viniendo aquí así?

—Lo siento. Me han hecho creer que eras... mi padre

Frank se giró en su silla cuando Slim dio un paso atrás, aferrándose a su artimaña.

—No soy yo. Sin embargo, podrías elegir entre la mitad de ese desgraciado pueblo.

—¿Qué quieres decir?

— La chica era la comidilla de todos. Se rumoreaba que su viejo la vendía a sus colegas del bar, para que así le pagaran la bebida. Hasta que acabó con él.

—¿Con quién? ¿De qué hablas?

—El viejo Gerry. Alguien debió de decirle que yo la estaba mirando demasiado, pero es que no podías evitarlo, por la forma en que solía vestirse, y vino a por mí.

—¿Gerry… Castle?

Frank miró a la alfombra y respiró hondo.

—Me agarró en el aparcamiento y me metió en su

furgoneta. Me llevó a un lugar solitario y me jodió la vida a golpes. —Frank dejó escapar un largo y bajo gemido que mostraba que el viejo trauma aún lo perseguía—. Me dijo que si alguna vez me acercaba a ella, me llevaría a los acantilados y me tiraría por ellos.

—¿Y tu ojo?

Frank encogió los hombros.

—El resto se curó. Mi ojo y mi maldita mente nunca lo hicieron. No puedo decirte lo encantado que estuve de ver a Gerry bajo tierra unos años más tarde. Algunas personas están mejor enterradas.

—¿Gerry te agredió porque pensó que ibas detrás de Margaret? ¿Por qué?

—¿Necesitas que te lo escriba? Estaba con ella. Había ido allí ese año para obtener experiencia laboral. Me imagino que no estaba muy contento con la idea de compartirla. Si realmente eres quien pareces creer que eres y estás buscando a tu viejo, es posible que debas comenzar con Gerry Castle. Ahora vete a la mierda y déjame en paz.

41

ALISON PUDO MOVER algunos hilos en la escuela y buscar informes antiguos que confirmaban lo que había dicho Frank Davis. Margaret Chamberlain había pasado dos semanas de prácticas en el garaje de Gerry Castle en las afueras de Wadebridge. Y Donald Lane había hecho más magia, al descubrir un documento que afirmaba que Frank Davis había dejado su puesto de profesor debido a un problema de salud no revelado.

Había asimismo algo más, que hizo que Slim llamara a Wendy una noche algo más tarde de lo que le hubiera gustado, un par de días después de conocer a Frank. Para su sorpresa, fue Trevor quien contestó el teléfono.

—¿Hola?

—Soy John Hardy. ¿Está Wendy?

Una pausa.

—No puede ponerse. No se encuentra bien.

—¿Puedes pedirle que me llame?

Otra pausa y luego:

—Claro.

Trevor colgó sin despedirse. Slim miró su teléfono como si le hubiera mordido. Había algo que necesitaba revisar con urgencia, pero si Wendy no se sentía bien, tendría que esperar.

Al día siguiente, después del trabajo, fue directo a la parada del autobús. La biblioteca pública de Wadebridge cerraba a las siete. Slim llegó justo a tiempo para ir a la sección de prensa y sacar algunos periódicos viejos.

Quería ver por sí mismo los artículos sobre la muerte de Richard Maynard. Aún estaba hojeando viejas microfichas cuando una bibliotecaria vino a decirle que la biblioteca iba a cerrar en quince minutos.

Se había dejado su carpeta de notas y no podía recordar la fecha exacta. Algún momento del otoño de 2007, ¿tal vez en octubre? Retrocedió un par de meses sólo para estar seguro, empezando en agosto y avanzando a partir de ahí. Estaba en la primera semana de julio cuando algo le llamó la atención.

Trágica muerte de un hombre popular de la localidad

Un popular mecánico local y pilar de la comunidad fue encontrado muerto en circunstancias que su familia dice que pueden ser sospechosas, informa el Post. Gerald Castle, de Greendale, Trelee, fue encontrado en un bosque cerca de su casa por un hombre de la localidad el martes por la mañana.

El caso está bajo investigación policial. La familia pide privacidad.

Slim sintió que su corazón se desbocaba. Ahora recordaba a Wendy mencionando a los padres de Tom, y algo que inicialmente había pasado por alto.

«Su padre falleció hace mucho tiempo, en realidad sólo unos meses antes que Richard».

¿Era importante ese intervalo relativamente corto entre sus muertes? Avanzó unos días, en busca de un artículo que continuara la historia.

Declarada accidental la muerte de Gerald Castle

El informe de un patólogo local dictaminó que la reciente muerte de Gerald Castle, de Trelee, fue accidental. Frank Davis dijo en su informe que «no hay señales de violencia. Las lesiones encontradas en el cuerpo son consistentes con la forma de su muerte y no hay indicios de que terceros estuvieran involucrados».

Slim imprimió los dos artículos y acababa de empezar a buscar de nuevo cuando se abrió la puerta y entró la bibliotecaria.

—Disculpe, pero tenemos que cerrar.

Slim la miró. Una dama pulcra de bastante más de cincuenta años, con el pelo entrecano cuidadosamente recogido hacia atrás y las gafas colocadas en la punta de la nariz. Era una posibilidad remota, pero si era de allí…

Le mostró lo que había imprimido.

—Supongo que no recuerda esto… —dijo.

La bibliotecaria se inclinó hacia delante, subiéndose un poco las gafas.

—Oh, ¿Gerry Castle? Por supuesto que sí. Solía repararme el coche.

—Estoy investigando para un… libro —dijo Slim—. Supongo que no sabe cómo murió. Estos artículos no entran en detalles.

—Oh, sí —dijo la bibliotecaria, suspirando y luego sacudiendo la cabeza—. Fue realmente terrible. Se suicidó.

Se ahorcó en el bosque cerca de su casa. Menuda sorpresa. Era un tipo imponente. Fue algo inesperado. La gente pensó que tenía que haber alguien más involucrado, pero se dictaminó que fue suicidio.

Slim asintió pensativo.

—No sabrá quién lo encontró, ¿verdad?

La bibliotecaria frunció el ceño.

—Por lo que puedo recordar... fue un trabajador forestal local. No conozco los detalles, lo siento. —Chasqueó los dedos—. Oh, eso fue todo. Su nombre se refería a algún mes del año, como junio o abril. Lo recuerdo porque parece que estaba con su hija en ese momento. ¡Qué horrible debe haber sido para ella haber visto algo así! Recuerdo que ese mismo hombre murió también poco después. Tenía problemas de corazón débil, por lo que oí.

—Ha dicho que su nombre se refería a algún mes del año. ¿No sería Maynard?

La bibliotecaria levantó la vista.

—Eso es. Maynard. Robert... no, ¿Richard? Richard Maynard.

42

EL AIRE ERA frío y el viento arreciaba mientras Slim se dirigía hacia la casa de Ellen con una bolsa de compra bamboleándose en su costado. Había tratado de llamar a Wendy después de salir de la biblioteca, pero Trevor se lo había vuelto a impedir.

Las piezas iban encajando, pero Slim todavía daba vueltas acerca de la enormidad de todo. Kay había vuelto a llamar con una explicación de la fotografía.

—No es un niño como podía pensarse —le dijo—. Es por la forma en que está sentado en el árbol. Creo que sus piernas realmente están colgando, pero parecen más cortas debido a un efecto óptico. Eso cree mi amigo.

—¿Así que es mayor de lo que parece?

—Sí, pero sigue siendo un tipo bastante bajo. Y también mayor. Mi contacto ha calculado su edad basándose en las entradas del pelo que parecen reflejar el sol.

—¿Y qué piensa?

—Sesenta, sesenta y cinco. Tal vez más.

Gerry Castle. Tenía que ser él. El viejo vigilaba la casa de Maynard desde el árbol. Pero ¿qué estaba haciendo?

Era evidente, ahora que lo pensaba Slim. Gerry y Margaret aún habían seguido estado juntos. Cualquiera que hubiera sido la relación que había comenzado con Margaret como una colegiala en prácticas de quince años, había continuado a lo largo de los años. Desde el árbol se podía ver el dormitorio principal. Tal vez Gerry se había sentado allí para controlar a Margaret.

También tenía sentido que fuera Gerry, y no Tom, el padre de Ellen, pero ¿quién más lo sabía? Seguramente Tom no, pues ahora estaba con Margaret, aunque eso explicaría en cierto modo su aversión hacia Ellen.

Pero si Ellen era la hija de Gerry, eso los convertía a ella y a Tom en… medio hermanos.

Era algo que Slim no esperaba. Se frotó la frente cuando en su cabeza apareció el perfil de Ellen, le iba a venir un dolor de cabeza. Pertrechado con lo que ahora sabía, esperaba que Ellen pudiera rellenar los últimos espacios en blanco.

Pero mientras se acercaba a la puerta lateral, la voz de Alison seguía resonando en su mente: «No es ningún delito, Slim».

Estaba sacando a la luz una gran cantidad de oscuros secretos familiares, pero aún no había encontrado ninguna evidencia de que hubiera pasado algo sucio en la muerte de Richard Maynard. Sólo podía causar más daño arrastrándolos, pateándolos y gritándolos a plena luz.

El alojamiento de Ellen estaba a oscuras. La llamó desde las escaleras pero no obtuvo respuesta. Dejó la compra junto a la puerta y estaba a punto de alejarse cuando oyó un sonido en el garaje inferior, un crujido reverberante como si alguien se estuviera moviendo en su interior.

—¿Ellen? —la llamó de nuevo y luego sacó una linterna de su bolsillo.

La puerta de entrada estaba ligeramente entreabierta, las bisagras crujían con el viento que entraba a través la puerta exterior. Slim hizo una pausa, pues el sonido que había oído en el interior era distinto, el sonido de pies que se arrastraban. Se acercó poco a poco, manteniendo bajo el haz de la linterna y luego empujó la puerta hacia adentro con el pie.

Su antigua formación militar en las Fuerzas Armadas entró en acción. Mantén algo sólido detrás de ti. Cierra y asegura todos los espacios disponibles. Cuidado con todo.

En un espacio lleno de caballetes de pintor, eso era imposible. Cada movimiento de su linterna creaba cien nuevas sombras. Si algo se movía allí, podía esconderse fácilmente, ya que sus propios movimientos creaban un camuflaje sencillo.

Algo crujió a su izquierda y se giró rápidamente en esa dirección. Sus dedos temblorosos dejaron caer la linterna, que se alejó dando vueltas por el suelo, rebotando hasta pararse contra una caja de rollos de lienzo, haciendo que su luz iluminara la parte posterior de uno de los que estaban a la vista, un brillo más tenue a través de un papel iluminaba a su vez un paisaje campestre.

Slim se había puesto instintivamente en cuclillas cuando se le cayó la linterna, retrocediendo hasta la pared más cercana. Su corazón latía con fuerza, pero trató de contener la respiración y mantener alerta sus oídos. Después de un par de minutos en los que sólo oyó su propia respiración, se levantó para recuperar su linterna.

Estaba a mitad de camino cuando se detuvo y sintió un hormigueo de temor al observar cómo la antorcha había iluminado la pintura desde atrás.

Mostraba a una familia de cuatro miembros, de pie

debajo de un árbol. Un padre al lado de la madre. Una niña más alta junto a una niña más pequeña con cabello corto. Slim recordaba esa pintura y había pensado que era bastante inofensiva, un simple recuerdo de infancia de la familia de Ellen.

Sólo que ahora la luz de la linterna había revelado algo más. Tal vez pintada por debajo de la capa exterior para que durante el día estuviera oculta, la luz de la linterna revelaba la imagen más gruesa contra la más clara que la rodeaba.

Una forma que colgaba del nudo de una rama inferior del árbol, pero con un brazo extendido para tomar la mano de la niña.

43

«SLIM… por favor… ¿dónde estás? Se ha llevado a Emma. Dios mío, se la ha llevado».

Con una botella de whisky entre las rodillas y sentado en el suelo delante de un banco en un pequeño parque al lado de la calle principal de Wadebridge al no haber sido capaz de sentarse, Slim escuchaba el mensaje en su teléfono una y otra vez, hasta que los gritos desesperados de la mujer que había esperado no volver a escuchar nunca más arraigaron en su mente.

Error suyo.

Y la pequeña, secuestrada por el padre que Slim había creído erróneamente inocente de las acusaciones de acoso, había muerto.

El hombre había saltado con su coche al mar desde lo alto de un acantilado, llevándose a su hija con él.

Y Slim tendría que vivir con su error durante el resto de su vida.

—Lo siento —sollozó, agarrando la botella como la muleta de un cojo—. Lo siento mucho.

El maestro de detectives, que se había hecho famoso

por varios documentales de televisión sobre casos considerados irresolubles, el detective que podía resolver cualquier caso, cuyos poderes de deducción eran insuperables.... se había vuelto autocondescendiente. Había confiado en la gente, había confiado en su propio instinto y había hecho suposiciones cuando debería haber buscado hechos.

Y la pequeña Emma había muerto.

No le importaba que hubiera afectado a su prestigio. No había nada más importante de la muerte de la niña.

Levantó la botella y trató de tomar un trago, pero no pudo dar con su cara. La botella se le escapó de las manos y cayó al césped, donde se derramó el resto de su contenido. Slim lo miró, invadido por un pánico creciente, sabiendo que ahora tendría que conseguir más, antes de que entrara en acción el otro Slim, el luchador que se había despertado una y otra vez a lo largo de los años tratado de mantener a raya a los demonios. ¿Podría recuperarse otra vez?

Observó la botella y la levantó por la base, observando cómo caían las últimas gotas sobre la hierba.

Tal vez fuera lo mejor.

—¿John? John, ¿eres tú?

Levantó la vista rápidamente al escuchar la voz familiar, pero su visión se volvió borrosa de inmediato y la figura que se cernía sobre él era poco más que una silueta difusa.

—¿John? ¿Qué haces aquí? ¿Estás bebido?

Seguía sin poder distinguir la cara, pero la voz resultó un buen impulso en su camino de regreso a la sobriedad. Margaret. No era su día habitual, así que tal vez sus horarios habían cambiado.

—¿Te ayudo a levantarte?

Sus manos se cerraron sobre las de Slim, y éste sintió

que se levantaba del suelo. Margaret lo ayudó a sentarse en el banco y luego se quedó a su lado, todavía con sus manos cerradas, como si tratara de derretir cubitos de hielo con los dedos.

—¡Estás helado! ¿Qué haces aquí?

—Yo podría preguntarte lo mismo.

—¿Qué?

Estaba demasiado borracho para controlarse y morderse la lengua, y cualquier consecuencia que le deparara el día siguiente aún estaba fuera de su entendimiento.

—Sé lo que haces. No hay ninguna partida de bridge, ¿verdad?

Margaret se agitó, apartando las manos.

—¿Te ha dicho algo Tom? ¿Te ha engañado para que me sigas? No tengo ninguna aventura, si eso es lo que él piensa…

—Ellen —dijo Slim—. Te reúnes con Ellen. Tu hija de Gerry, el padre de Tom.

Margaret se apartó de nuevo, pero esta vez Slim pudo sentir sus ojos, que le taladraban el rostro a él, deseando que revelara sus secretos.

—¿Quién eres? —dijo ella, una pregunta que escuchaba con demasiada frecuencia, y tarde o temprano alguien se iba a ofender por la respuesta.

—Soy quien te he dicho que soy —dijo—. Soy John Hardy, un hombre que ha caído, por su grandísima culpa, en algunos momentos difíciles, y estoy tratando de encontrar una salida. Pero antes de llegar a Trelee algunos me conocían como Slim, un investigador privado, y estuve involucrado en la resolución de varios casos misteriosos sin resolver. —Suspiró—. Ése soy yo. ¿Y tú quién eres, Margaret?

44

FUERON A UN CAFÉ. Slim estaba muy lejos de estar sobrio, pero Margaret también se había tomado un par de copas. Mientras se sentaba frente a ella, con las manos rodeando su taza de café para evitar que temblaran, se dio cuenta de que no eran tan distintos. Ambos tenían secretos que ocultar. Ambos tenían rincones oscuros en su pasado. Y ambos se esforzaban por aprovechar las circunstancias de la mejor manera posible.

—Wendy Nicolson me pidió que investigara la muerte de su hermano —dijo Slim, con la esperanza de que simplemente por estar allí en lugar de en casa, Margaret guardaría silencio ante Tom—. Richard, tu marido. Wendy siempre ha creído que su muerte era sospechosa y me reconoció de la televisión. Le prometí hacerlo como un favor y un agradecimiento por ayudarme a volverme a poner en pie, pero no esperaba que esto me llevara a una madriguera. He descubierto muchas cosas, pero hasta ahora nada que sugiera que la muerte de tu esposo fuera algo más que un accidente.

Margaret se frotó los ojos. Seguía siendo atractiva, pero

detrás de su maquillaje los años empezaban a pasar factura. Sus ojos eran como agujeros de bala rodeados de colorete, su frente y mejillas estaban cubiertas de arrugas.

—No puedo creer que estés removiendo todo esto —dijo—. Si Tom oye una sola palabra, te echa a la calle.

—Ya lo sé —dijo Slim—. Ha sido bueno conmigo y me siento muy mal por ello, sobre todo porque sospeché de él en cierto momento. Ahora sé otras cosas. Querría dejarlo, pero no puedo. Debo tener todas las respuestas, o al menos las que haya.

Margaret suspiró y volvió a frotarse los ojos.

—Mira, hasta donde sabemos fue un accidente. Ni siquiera un accidente, simplemente una terrible desgracia. Richard se había llevado a Ellen al parque y estaba jugando con ella, pero el médico le había advertido que no hiciera nada que pudiera subirle las pulsaciones. Tenía uno de esos aparatos que se usan para controlarlas, pero rara vez se lo ponía. Richard siempre fue muy despreocupado. Siempre indiferente a todo. Si no hubiera sido así, todavía podría estar vivo.

— Ellen me dijo que había alguien más allí. Se lo dijo a los abogados, a los maestros, y supongo que a ti.

—Veo que has investigado. —Margaret volvió a suspirar—. Mi hija tiene problemas mentales, John. Se supone que está medicada, pero se niega tomar sus medicinas. La veo con la mayor frecuencia posible para tratar de asegurarme de que las está tomando y para darle dinero para sus malditos materiales artísticos.

—Lo vi cuando la encontré.

—La has conocido, ¿verdad? ¿Qué versión obtuviste? Puede ser tan agradable como cualquiera… o no. Y eso del arte. Los médicos decían que es una especie de trastorno obsesivo. Es lo único que es capaz de hacer. No puede mantener un trabajo normal. Tiene ayudas si se molesta en reclamarlas, pero tengo que estar encima de ella. Si no, haría cualquier cosa para conseguir dinero. Robar, venderse a sí misma. Cualquier cosa para lograr lo que necesita para seguir pintando.

—¿Está en esa casa ilegalmente?

Margaret rio.

—Dios, no. Hay algunos vacíos en tu investigación, ¿verdad?

—Dijo que sabía quién era el dueño…

—Por supuesto que sí. *Es suya*. Esa era la antigua casa de Gerry. Estaba abandonada, pero se la dejó en su testamento. No estoy segura de si era una broma o no, ya que allí es donde… lo hicimos por primera vez.

—¿Se declaró alguna vez padre de Ellen?

Margaret rio con amargura.

—No. Gerry siempre fue un fullero. Aludía a ella en el testamento como su nieta, afirmando que era la hija de Tom.

—Vaya.

—Por supuesto, Tom sabía que no era suya, porque en aquel entonces yo no estaba con él. Podría haber contado todo, pero después de la muerte de Gerry, era un problema más que no podía remediar, así que sostuve que era de Richard.

—Imagino que a alguien no le pareció bien que le hubiera dejado un legado al hijo de otro hombre.

—Valerie quería ir a juicio, pero Tom la convenció, diciéndole que no valía la pena el escándalo. El garaje no era rentable y ya estaba cerrado de todos modos.

—¿Valerie se quedó con el resto?

Margaret suspiró.

—Otra manzana de la discordia. Se quedó con Greendale. Todo lo demás fue para Tom. Así que me imagino que puedes suponer lo que sucedió cuando me junté con Tom después de la muerte de Richard.

—Puedo entender por qué le disgustaba Ellen.

—Él y su madre despreciaban a mi pobre niña. La hija de una cazafortunas y todo eso. —Margaret sacudió la cabeza, con furia brillando en sus ojos—. No era culpa suya, no.

—Pero he oído que estabas con Tom en la escuela, y que te vieron con él antes de que Richard muriera.

Margaret volvió a sacudir la cabeza.

—Todo era una artimaña para estar más cerca de su padre. Si tenía una coartada para entrar en casa de Gerry, la usaba. Menuda zorra soy, ¿verdad?

Slim todavía estaba borracho, de lo contrario habría mantenido las manos sobre la mesa, pero se encontró aproximándose para secarle una lágrima de la mejilla con el dedo.

—Hacemos cosas raras por… amor —dijo, recordando que una vez había atacado a un hombre con una hoja de afeitar por acostarse con su antigua esposa. Se había equivocado de hombre, pero esa era otra historia.

Margaret metió la mano en su bolso y sacó un pañuelo para secarse los ojos.

—Siempre fue él —sollozó, mientras Slim le daba un suave apretón en el codo—. Desde que nos conocimos, me obsesioné. Era un hombre de verdad, no como esos idiotas babosos de mi padrastro… era amable, educado y sincero. Dijo que me protegería, y lo hizo.

Margaret estaba claramente dispuesta a sincerarse.

—He conocido a Frank Davis —dijo Slim—. Tu antiguo profesor. Me dijo que Gerry le atacó.

Margaret tardó un rato en recomponerse.

—Dios, ¿por qué te cuento todo esto? No te conozco en absoluto.

—No tienes que decir nada que no quieras —dijo Slim.

Margaret lo ignoró.

—Mi padrastro era un adicto —dijo—. Cuando ya no pudo mantener su trabajo, comenzó a venderme a sus compañeros de pub o corredores de apuestas. Yo solo tenía trece años cuando empezó, y al principio me convenció dándome la mayor parte del dinero. Doscientos pavos por media hora en la oscuridad con un viejo… era dinero fácil. Pero mi parte disminuyó rápidamente y empezó a presionarme. Estaba harta e iba a dejar los estudios y huir a donde fuera, a cualquier parte, pero entonces conocí a Gerry. Fue amable conmigo y oyó rumores. Fue a por mi padrastro. No sé qué pasó, pero se fue del pueblo y nunca más volví a saber de él.

—Frank perdió un ojo.

Margaret se encogió de hombros y miró al vacío, como para ocultar un atisbo de arrepentimiento.

—No era el tipo de hombre que debería haber estado en una escuela. Creo que Gerry probablemente tuvo eso en cuenta.

Slim optó por no mencionar que la adulación de Margaret se refería a un hombre casado de mediana edad que había tenido una aventura con una colegiala de quince años y que acostumbraba a ser bastante violento. Sólo por la forma en que reverenciaba al padre de Tom, podía estar seguro de que había estado enamorada de él desde el momento en que se conocieron, y de que sus sentimientos no habían cambiado a lo largo de sus años de relación.

—Oí que te quedaste embarazada. Y que por eso tuviste que dejar la escuela.

Los ojos de Margaret se oscurecieron.

—¿De dónde has sacado eso?

—Tengo un amigo muy hábil a la hora de escarbar rumores.

—Fue una mentira —dijo Margaret, cerrando los ojos mientras se frotaba la nariz. Una única lágrima se deslizó por su mejilla mientras agregaba—: Lo fingí para que mi padrastro me dejara en paz.

Slim no estaba seguro de creerla, pero ella le miraba de tal modo que sugería que estaba entrando en territorio prohibido y se arriesgaba a que se callara. Era posible que nunca tuviera otra oportunidad de hablar con ella, así que decidió dejarlo.

—¿Te casaste con Richard después de la escuela?

Margaret bajó la mirada.

—Gerry no iba a dejar a Valerie. Decía que la destrozaría. Estaba enfermando y dijo que se lo merecía.

—¿Pero quedabas con él?

—Cuando podía.

—¿Y entonces conociste a Richard?

—Estaba cansada de engaños y del eterno secreto. Quería más, ¿sabes? Quería una vida familiar normal, algo que nunca hasta entonces había tenido. Mi educación fue un desastre, era muy pobre y salía con un hombre casi treinta años mayor que yo. Richard me ofrecía algo diferente.

—¿Lo conocías de la escuela?

—Mismo año, distinta clase. Nos conocíamos. Incluso habíamos hecho el tonto un par de veces, como suelen hacer los adolescentes. Era un poco engreído, pero también inteligente y su familia tenía dinero.

Margaret estaba de nuevo dispuesta a confesarse, por lo que Slim se limitó a asentir, esperando a que continuara.

—Traté de ser feliz con Richard y por un tiempo lo fuimos. Incluso dejé de ver a Gerry durante un par de años. Tuvimos a Sarah y las cosas iban bien. Pero Richard tenía problemas de salud y necesitaba ir al extranjero para someterse a un par de cirugías.

—¿Sanidad privada?

Margaret asintió con la cabeza.

—Los médicos dijeron que lo que tenía era incurable, pero había un par de lugares en Europa que ofrecían tratamiento experimental. —Mostró una sonrisa agridulce—. Y funcionaron. Pensamos que estaba curado.

Volvió a sonarse en el pañuelo. Slim dijo:

—Me imagino que no fue barato.

Margaret se rio y sacudió la cabeza.

— Para nada. Sus padres les habían dejado mucho a él y a Wendy, un par de propiedades. Tuvimos que vender la suya, y yo… yo… le convencí para que se la vendiera a Gerry. —Sollozó—. Los Castle y los Maynard llevan residiendo mucho tiempo en Trelee, así que pensé que era mejor que venderla como casa de vacaciones a alguien del interior del país.

—Y al hacerlo, tuviste una razón para volver a ver a Gerry.

Margaret asintió y se tomó unos segundos para recuperar la compostura antes de poder hablar de nuevo.

—Richard estuvo fuera mucho tiempo. Le visitábamos, pero el viaje era complicado para Sarah, que era muy pequeña. Lo usé como excusa para quedarme aquí y volver a ver a Gerry.

—¿Y es entonces cuando llegó Ellen?

Margaret le miró fijamente.

—Debería escribirte un libro sobre la historia de mi familia, ¿verdad?

Slim sonrió sombríamente.

—Perdón.

Margaret volvió a suspirar.

—Aunque no te lo creas, me sienta bien hablar de ello. No es que pueda hablar de esto con Tom.

—Imagino que no.

—Estaba en una situación complicada. Richard se estaba recuperando y me las arreglé para convencerle de que Ellen era suya. Dios, que eso no fue fácil, pero pensé que me había salido con la mía. Por supuesto, Gerry lo sabía, pero se negó de nuevo a dejar a su esposa, y además estaba el corazón de Richard. No estaba seguro de que él pudiera soportar que lo abandonara, así que simulé una familia feliz. Seguía viendo a Gerry, pero aparentaba estar feliz con Richard. Y entonces...

Se echó hacia atrás, poniendo la cabeza entre las manos. Slim le dio unas palmaditas en el hombro mientras sollozaba, mirando a su alrededor para ver si alguien miraba, pero la cafetería estaba vacía excepto por un camarero de espaldas que limpiaba las tazas y las colocaba en un estante.

—Gerry murió, ¿verdad?

—Se suicidó —dijo Margaret, sin levantar la vista—. Y no sé por qué. No lo vi venir.

—¿Y Richard encontró el cadáver?

Margaret asintió, levantando por fin la cabeza.

—Fue un día que me he esforzado mucho por olvidar, por muchas razones. Había algo... Richard estaba en ese bosque esa mañana. Cuando me dijo lo que había encontrado... Capté un brevísimo atisbo de una sonrisa, como si hubiera sabido todo desde el principio.

45

SLIM SUFRÍA los efectos de la resaca, además de una noche sin poder dormir cuando fue a trabajar a la mañana siguiente, pero Tom, que estaba de un humor reticente, casi amargo, no pareció darse cuenta. Slim se preguntó si podía haber pasado algo con Margaret la noche anterior. Había querido asegurarse de que llegaba bien a casa, pero a Margaret le preocupaba que Tom estuviera esperando en la parada del autobús, por lo que Slim se bajó una parada antes y caminó la última parte hasta el pueblo. Cuando llegó a la plaza, ésta estaba tranquila y silenciosa, sin nadie a la vista.

Tom, de manera bastante inesperada, le dijo a Slim por la tarde que cerraría antes. Slim no necesitó que se lo dijeran dos veces y se dirigió a su casa a tomar un café. Extendiendo sus notas frente a él, trató de encontrar sentido a las cosas, de establecer si estaba viendo un crimen o una serie de acontecimientos desgraciados.

Margaret afirmaba que no había habido embarazo. Slim estaba seguro de que estaba mintiendo, al menos parcialmente, pero no sabía qué podía demostrar.

Tampoco parecía haber ninguna añagaza relacionada con la muerte de Richard. Tenía una afección cardíaca (algo que Wendy no había mencionado, tal vez por temor a que Slim rechazara el caso) y se había excedido.

Pero ¿qué pasaba con la afirmación de Ellen de que allí había habido alguien más?

Además, estaba el oscuro compañero de Ellen. ¿Quién era?

Slim seguía sin estar convencido. Llamó a Donald Lane.

—Don, ¿hay alguna manera de que puedas obtener una copia del informe de la autopsia de Richard Maynard? Me gustaría que alguien le echara otro vistazo. —Hizo una pausa—. Y ya que estás, ¿podrías intentar conseguir el de Gerry Castle?

Suicidio. ¿Un hombre de un pueblo que poseía múltiples propiedades, tenía una esposa que parecía tolerar cualquier cosa y un amante más joven y enamorada, realmente se suicidaría? ¿Y no era demasiada casualidad que fuera Richard Maynard el que descubriera el cadáver?

—En realidad, Don, ¿podrías tratar de obtener el informe completo del caso? —agregó—. Me gustaría mucho ver las declaraciones de los testigos.

Don se rio entre dientes.

—Déjalo en mis manos.

Slim estaba convencido de que Ellen tenía muchas de las respuestas. Si tan solo pudiera sacarle algo coherente… Como quedaban unas pocas horas de luz diurna, decidió ir a Wadebridge una vez más. Mientras se ponía el abrigo, hizo una pausa, mirando el suelo entre sus pies.

Había algo raro en el felpudo. Slim se agachó. Se había acumulado algo de arena fina cerca de un lado formando un óvalo.

Una huella de una pisada.

No era de sus botas, porque las había dejado en el porche.

Alguien había estado en la casa mientras él estaba fuera.

Sólo Tom y Margaret tenían llaves, y la arena apuntaba claramente a Tom. Aunque Slim era técnicamente un inquilino y estaba protegido por sus derechos como tal, era posible que Tom se hubiera colado para revisar el lugar.

Pero ¿y si estaba vigilando a Slim?

La caja del equipo de vigilancia que Slim le había pedido a Alan Coaker estaba debajo de la cama en el piso superior. Había previsto usarlo, pero no había encontrado una ubicación adecuada. Por si acaso Tom lo estaba checando, recogió rápidamente la caja e instaló una cámara con sensor de movimiento en un pequeño hueco frente a la puerta principal. Coaker no se había esmerado con él, tal vez porque Slim era notoriamente malo a la hora de pagar sus deudas, así que el dispositivo no era una grabadora de vídeo, sino una cámara fija que tomaba fotografías de movimiento cada dos segundos y enviaba los datos a un archivo en la nube, donde podían verse las imágenes.

Además de la de la entrada, colocó otra en el comedor, mirando hacia abajo sobre la mesa. Los dispositivos eran bastos y fáciles de detectar para un profesional, pero engañarían a un profano. Para tentar a Tom, Slim dejó la carpeta de notas sobre la mesa, quitó algunas de las páginas más importantes y las ocultó en otro lugar. Luego, convencido de que sabría si alguien lo estaba controlando, salió.

Había perdido el autobús más reciente e iba a tener que esperar una hora al siguiente, así que bajó la colina hasta la casa de Wendy. Sin embargo, en lugar de llamar, dio la vuelta por la parte de atrás y miró a través del jardín hacia la ventana de la cocina. Wendy estaba lavando en el fregadero, pero cuando levantó la vista, Slim saludó con la mano.

Cuando Wendy salió, Slim se ocultó detrás de un cobertizo de jardín y esperó a que ella se reuniera con él.

—Perdón por el secretismo —dijo—. No quería volver a toparme con Trevor.

Wendy suspiró.

—Nos hemos peleado —dijo—. Quiere que lo deje. Me ha dicho que sólo voy a causar problemas si sigo con esto.

—Hay algo que quiero comprobar. ¿Podría volver a ver esas fotos?

—Claro. Voy a recogerlas.

Wendy volvió a entrar. Slim esperó detrás del cobertizo, mirando hacia el camping. A través de los árboles pudo ver la caravana donde había pasado sus primeros meses en Trelee. Parecía haber pasado mucho tiempo…

— Eh, ¿qué crees que estás haciendo?

Slim levantó la vista y vio a Trevor de pie en la esquina del cobertizo, con los ojos entrecerrados y la boca torcida. Tenía algo en sus manos que hizo que Slim retrocediera.

—Lo siento…

—Fuera de aquí. No quiero volver a verte por aquí.

Trevor dio un paso adelante. El mango de madera que Slim había visto pertenecía a un rastrillo en lugar de ser un palo o un bate, como había pensado al principio; pero aun así, Trevor lo agarró con una intención que sugería que darle con él en la cara a Slim era una clara posibilidad.

—Sólo quería hablar un momento con Wendy…

Slim la vio entonces, detrás de Trevor, con los brazos

sobre el pecho y mirando hacia el suelo, como un niño regañado por su padre.

—Díselo —le espetó Trevor.

—Quiero que dejes de investigar —dijo Wendy, sin levantar la vista—. He estado persiguiendo fantasías. Hay cosas que sabía pero no te dije, porque pensé que no te interesaría investigar si te contaba demasiado. Lo siento, he sido tonta. Creo que es hora de dejar las cosas como están.

—¿La oyes? —dijo Trevor, volviéndose hacia Slim—. Ahora piérdete. No quiero volver a verte dando vueltas por aquí.

—Está bien, si eso es lo que queréis.

Wendy asintió a regañadientes. Trevor se limitó a fruncir el ceño como si tratara de asustar a un gato.

Slim no esperó. Dio media vuelta y se alejó, en dirección a la salida más cercana del camping. Miró hacia atrás justo cuando llegaba a la carretera principal y vio que Trevor lo había seguido parte del camino y ahora estaba de pie en la mitad del sendero de tierra que conducía a su casa, sosteniendo el rastrillo sobre su estómago con ambas manos.

Slim se preguntó si Trevor tenía algo que esconder o sólo era un marido preocupado que intentaba proteger a su esposa.

Mientras regresaba a Trelee por la carretera, Slim consideró seriamente lo que Trevor le había sugerido. Podría dejarlo todo, tal vez tratar de reparar los puentes que había comenzado a quemar, tratar de mezclarse con la comunidad y tal vez llevar una vida decente.

O podía no hacerlo.

Aceleró el paso cuando la colina comenzaba a empinarse. Sólo tenía unos minutos de sobra si quería tomar el siguiente autobús a Wadebridge.

46

La casa de Ellen parecía desierta, pero mientras Slim pasaba por entre los árboles al otro lado de la calle, se preguntaba si la chica estaría dentro. Todavía le quedaba una hora antes de que se pusiera el sol y, aunque el cielo comenzaba a nublarse, el sol todavía brillaba en la fachada del viejo garaje de Gerry Castle.

Después de lo que le había dicho Donald Lane al llamarlo ese mismo día, Slim se resistía a entrar, temiendo ahora a la joven que antes le parecía tan inocente.

Si Gerry le había legado la casa a Ellen, lo lógico habría sido tener encendidos electricidad y gas. Con vivienda en el piso de arriba, habría sido una casa habitable, especialmente porque Ellen, con su historial de enfermedad mental, podría haber reclamado ayudas sociales. Slim se había preguntado por qué parecía estar ocupando ilegalmente una propiedad que legalmente le pertenecía, y también por qué había vivido en el edificio de apartamentos el pueblo.

Hacía poco más de un año, alguien había incendiado el garaje. El piso inferior había quedado destruido, pero el superior sólo se había dañado por el humo. El edificio podía haber quedado en ruinas, pero un transeúnte vio el incendio y dio la alarma. El incendio se consideró provocado y, aunque se sospechó de Ellen, ésta simplemente afirmó que la responsable era otra persona y no se le había acusado de nada. Sin embargo, se mantuvieron las sospechas sobre su salud mental y su culpabilidad, así que le dieron un domicilio temporal en un edificio que estaban a punto de demoler. Sin embargo, Ellen volvió rápidamente al garaje y comenzó a pintar de nuevo, ignorando la mayoría de sus citas médicas obligatorias.

Slim miró al cielo y supo que era ahora o nunca. Recogió sus cosas y comprobó por última vez la última de las cámaras de movimiento de Alan Coaker, que había instalado en un árbol con vistas a las entradas frontal y lateral, y luego cruzó la calle.

—¿Ellen? ¿Estás ahí?

Creyó oír la música en el interior. Una dulce voz cantarina. Volvió a llamar a la puerta y luego se coló en la casa.

Ellen estaba en pie, de espaldas a él, con un pincel en la mano, trabajando en un lienzo. Alrededor de sus delgados hombros, Slim pudo ver una tranquila escena campestre, con un par de niñas sentadas junto a un río. Como en las otras pinturas, una tenía el pelo largo y la otra corto, pero por la ropa podía saber que ambas eran niñas.

—¿Ellen? —llamó, pero la joven, tarareando para sí misma, no se volvió. Slim dio un paso a la derecha, viendo más pintura.

Se quedó sin aliento.

Un poco atrás de un tranquilo río azul cielo, Ellen había dibujado un árbol con un ahorcado. Pintado en tonos claros de gris, estaba rematando sus ramas desnudas con toques de verde brillante.

Slim se quedó mirando, con lágrimas en los ojos, a la vista de una amorfa sombra gris que colgaba de una rama baja, con una cuerda atada alrededor de su cuello. Aunque no tenía rasgos propios, una línea gris salía de ella llegando hasta la mano extendida de la más cercana de las dos chicas, la que tenía el pelo más corto.

—Era tu padre, ¿verdad? —dijo en voz baja Slim—. Y lo viste. Viste su muerte.

Ellen se volvió. Slim gritó y se tambaleó hacia atrás, derribando una caja de rollos de lienzo mientras caía al suelo. El rostro de Ellen estaba pintado de un color rojo espeso, con unas cruces negras en ojos y boca que la convertían en un payaso de circo de pesadilla. Slim la miró fijamente, con el corazón desbocado y ella primero mostró unos dientes pálidos y luego sacudió espasmódicamente la cabeza.

—¿Slim? —dijo—. Me alegra verte. Lo siento, Dicky estuvo aquí, pero ya no está. ¿Quieres un Cup Noodle?

Slim no se atrevía a hablar. Esperaba que sólo fuera sudor, pero sospechaba de que se había manchado de otra cosa. Se las arregló para apartar la mirada de la cara de Ellen hacia donde su mano seguía trabajando ávidamente con el pincel sobre el lienzo, y vio que ya no estaba la imagen del hombre ahorcado, cubierta por una mancha de color verde brillante.

47

Ellen se había limpiado la pintura de la cara, pero el agua fría y la toalla la habían dejado ruborizada y pálida. Mientras se metía los fideos en la boca, sin dejar de mirar a Slim, éste no podía evitar desear que comiera más rápido, más aún. Estaba tan delgada, casi esquelética, que, aunque se había puesto un jersey ligero ante su insistencia, se preguntaba por qué no sentía frío.

—Siento haberte molestado —dijo. Sus nervios destrozados se habían recuperado un poco—. Solo quería comprobar que estabas bien.

Ellen se rio mientras los fideos colgaban de su boca. Tenía diecinueve años, pero de repente parecía mucho más joven.

—Estaba preocupado por ti —dijo Slim, sintiendo la necesidad de llenar los silencios dejados por la falta de respuestas, consciente de que estaba haciendo lo contrario de lo que indicaba su técnica de interrogatorio. Dales espacio y la mayoría creará respuestas para preguntas que aún no has hecho—. Vine aquí la otra noche, pero no te pude encontrar. Creí oír a alguien, pero…

—Dicky estuvo aquí —dijo Ellen rápidamente, haciendo que Slim se estremeciera—. No vengas cuando Dicky esté aquí.

—¿Por qué no?

—A Dicky no le gusta la gente. Sólo congenia conmigo.

—¿A Dicky… le preocupa algo?

Ellen rio entre dientes.

—No.

—Entonces… ¿cómo se siente Dicky?

—Con ira.

—¿Dicky es una persona peligrosa?

—No. —Una pausa—. Para mí, no.

—¿Pero para otros?

Ellen se inclinó hacia delante como para susurrar un secreto. Slim se sintió obligado a inclinarse hacia ella también, aunque era reacio a hacerlo, como si ella así pudiera sujetarle.

—A Dicky no le gustan otros —dijo Ellen en voz baja —. Lastimaron a Dicky. Así que quiere devolverles el daño.

—¿Fue Dicky quien empezó el incendio?

—Sí.

—¿Por qué?

—Dicky se había enfadado.

—¿Por qué?

—Alguien vino aquí. Alguien malo.

—¿Quién?

Ellen se apartó, riéndose de nuevo.

—No puedo decírtelo. Dicky no quiere que lo haga.

Slim miró inquieto a su alrededor, pero no había nada que ver aparte de un montón de ropa y sábanas sin lavar y algo de comida apilada en un rincón.

—¿Está Dicky aquí ahora mismo?

Ellen frunció el ceño y sacudió bruscamente la cabeza.

—Por supuesto que no.

—¿Cuándo… cuándo viene Dicky?

—Cuando sopla el viento. Dicky viene cuando sopla el viento y crujen los árboles.

Slim se estremeció de nuevo.

—¿Soplaba el viento ese día en el parque, cuando murió Richard?

Ellen asintió con la cabeza.

—¿Y Dicky vino?

—Sí. Fue la primera vez.

—¿Y Dicky mató a Richard?

—Sí.

A Slim se le habían helado las palmas de las manos. Hasta entonces había creído que Dicky podía ser otra persona, pero ahora estaba convencido de que era algún aspecto de la personalidad de Ellen, uno que podría haber aparecido en un momento inapropiado y causado una terrible conmoción en un hombre con un corazón débil.

Entonces recordó algo que Wendy había dicho sobre cómo Richard había muerto con una sonrisa en el rostro y los ojos cerrados.

—Cuando vino Dicky, ¿estabas jugando en el parque con Richard?

Elena miró al suelo. Estuvo en silencio durante un buen rato y Slim se preguntó si había oído la pregunta. Entonces, Ellen sacudió tranquilamente la cabeza.

—Richard… no.

Slim esperó. Ellen miraba al vacío, con el ceño fruncido, los ojos entrecerrados, la boca moviéndose arriba y abajo.

Luego, sin más palabras, se levantó y salió corriendo de la habitación. Slim escuchó un estruendo cuando Ellen saltó por el hueco de las escaleras y luego el sonido de sus pasos mientras corría. Se puso de pie y la siguió, alcanzándola escaleras abajo mientras ella apartaba una pila de lienzos en busca de algo.

Las pinturas aquí eran más toscas, hechas rápidamente, con escenas menos detalladas, más infantiles en su ejecución. Ellen las dejaba un lado, sin importarle que algunas cayeran al suelo, luego dio un paso atrás al hallar la que había estado buscando.

Slim miró atentamente. La escena que había pintado era lúgubre y oscura, un cielo tormentoso atravesado por un sol rojo del amanecer. Los árboles eran manchones negros, el parque un cuadrado gris.

—Richard —dijo Ellen, señalando a una figura de un hombre pintado con toques de verde y rojo—. Papá.

Estaba señalando esa figura con su dedo tembloroso. Luego lo movió a un lado hacia otra figura más pequeña. Era una mancha gris, compuesta sólo por dos semicírculos superpuestos donde debería estar su boca, uno hacia arriba y otro hacia abajo.

—Ellen —dijo Ellen, levantando el dedo un poco más arriba, indicando lo que era sólo una mancha marrón rojiza sobre otros colores similares. Sin embargo, cuanto más la miraba Slim, más pensaba que se parecía a una figura encorvada, inclinada sobre Ellen, con las manos sobre sus hombros. Y había algo más alrededor de su cuello, una línea negra que colgaba. Y en el árbol de arriba había otra línea negra, deshilachada, como una cuerda rota.

—Dicky —dijo Ellen.

Fuera se había levantado el viento, sacudiendo los cristales sueltos de la ventana. Slim pensó que había oído el sonido de un automóvil, pero podrían haber sido los árboles afuera. El sol se estaba poniendo, llenando el garaje de sombras del suelo hacia arriba. Slim se volvió hacia Ellen y dejó escapar un pequeño grito ahogado. La joven estaba inclinada sobre un caballete, quitándose manchas de pintura de la cara.

—Ellen, ¿qué estás haciendo?

Ella levantó la vista, con lágrimas corriendo por sus mejillas.

—Ve arriba —dijo ella—. Viene Dicky. Arriba estás a salvo.

—Ellen, todo va bien. No tienes que preocuparte. Puedo cuidar de ti. Podemos conseguirte medicación. Sé que Dicky puede parecerte real, pero todo va bien…

Ellen negó con la cabeza y luego señaló la puerta cuando ésta comenzó a crujir al abrirse. Luego, inclinándose sobre su hombro, dijo en un áspero susurro:

—Trato de esconderte.

Slim sintió que le fallaba su cordura. Dio un paso adelante cuando la puerta se abrió unos centímetros más y vislumbró algo ligero y oscuro en pie en las sombras de la entrada. Entonces, un dolor estalló en la parte posterior de su cabeza y todo se volvió negro.

48

LEVANTÓ una mano para protegerse de la luz que brillaba en sus ojos al despertarse. Su cabeza latía con fuerza, y cada movimiento hacía que lo atravesaran nuevas oleadas de dolor. Parpadeó mientras sus ojos se ajustaban y su visión se aclaró mostrando a Ellen sentada a su lado, con una toalla húmeda en sus manos.

—Está bien —susurró—. Dicky se ha ido.

Slim trató de sentarse, pero el dolor era muy intenso, tanto en el cráneo como en la espalda. Cerró los ojos, esperó a que el mundo dejara de dar vueltas y lo intentó una vez más. Esta vez fue capaz de levantarse y miró a Ellen como un oso herido, preguntándose cómo había llegado al piso superior.

—¿Qué… ha pasado ahí abajo?

La mirada de Ellen descansaba en algún lugar del suelo entre ellos.

—Lo siento —dijo—. No podía dejar que Dicky te viera.

—¿Has sido tú… la que me ha golpeado?

Ellen inclinó la cabeza a un lado, como si no quisiera responder.

—Por favor, vete —dijo—. No sea que Dicky vuelva.

Afuera, había caído la noche. La única luz procedía de la pequeña lámpara de gas de Ellen.

Slim no estaba de humor para discutir. Se puso de pie desequilibrado y se dirigió tambaleándose a la puerta. En el último momento recordó el hueco en la parte superior de las escaleras, lo evitó y siguió bajando, tambaleándose. Al agarrarse a las paredes para evitar caerse, sus dedos rozaron una especie de cuerda que colgaba de algo que había sobre su cabeza y que crujía en la oscuridad. Una polea, un resto de los tiempos en que funcionaba el taller, tal vez. Cuando se dio cuenta de que el dolor que sentía podría haber sido causado por una cuerda atada a su espalda, pensó que al menos una pregunta parecía quedar contestada.

Afuera, el viento había amainado. El rumor de los coches llegaba desde la A30 a través de los árboles. Los patos graznaban frenéticamente en el cercano río Camel. En un árbol junto al camino se oyó el aleteo de las alas de un pájaro que se elevaba entre las ramas y se posaba más arriba. Slim, agotado, se puso de rodillas y miró fijamente algo que había caído en el suelo.

La colilla de un cigarrillo que brillaba ligeramente.

Sin dudarlo, la aplastó con un trozo de grava, la recogió y se la guardó en el bolsillo, cuidando de no tocarla con sus dedos.

Parecía medianoche, pero mientras volvía con paso inseguro a Wadebridge, con su mente confusa por pensamientos y sospechas apenas inteligibles, se sorprendió al encontrarse a tiempo para tomar el último autobús. Por una vez demasiado cansado incluso para beber, subió a bordo y se desplomó en un rincón de la parte de atrás, cayendo en un sueño inquieto hasta que el conductor se acercó para informarle de que habían llegado a la última parada. Bajó a la pequeña plaza del pueblo de Trelee y encontró un banco fuera de la iglesia. Se quedó allí sentado durante un buen rato, sintiendo el frío, dejándolo entrar profundamente en sus huesos, tanto para refrescarlo como para desperezarlo, para que su mente regresara a una concentración que últimamente había empezado a perder con una frecuencia alarmante.

Aún no quería volver a casa. Se puso en pie y caminó por el pueblo hasta que llegó al árbol desde el que se veía la propiedad de Maynard. Le costó un poco trepar a las ramas más bajas, pero pronto se encontró bien acomodado donde se habría sentado el observador, pudiendo ver la ventana del piso superior de Margaret Maynard a través de los setos del camino en suave pendiente. Ahora no se veía nada más que un oscuro vacío, pero mientras Slim yacía con una oreja pegada a la rama, se encendió una luz detrás de las cortinas. El movimiento en el interior parecía hacer que la luz parpadeara como un débil latido de corazón, entonces, para sorpresa de Slim, las cortinas se descorrieron y apareció una figura.

Slim entrecerró los ojos, preguntándose por qué Margaret podría querer mirar al exterior a esta hora de la noche, pero para su sorpresa, se dio cuenta de que no era Margaret, sino Tom.

Durante unos minutos, su jefe se quedó allí, mirando a la noche. Entonces, apareció un brazo, tirando de él hacia adentro. Sin embargo, durante todo ese tiempo, Slim se había quedado paralizado, sin atreverse a moverse, convencido de que los ojos de su jefe no se habían dirigido hacia el cielo nocturno o las luces del pueblo, sino hacia él.

49

—Te veo algo bebido —dijo Tom mientras se sentaban juntos a comer sus bocadillos—. Parece que te tomaste unos cuantos tragos anoche. —Puso una sonrisa de dolor —. Quiero decir, a mí me gusta beber, pero hay que saber cuándo parar. Si afecta a tu rendimiento, es posible que tengamos que tener una conversación más larga.

Slim asintió.

— Agradezco que seas tan indulgente —dijo—. Créeme, me has aguantado más de lo que merezco. Pero no es solo la bebida. Son las pesadillas. ¿Sabes a qué me refiero?

Tom asintió con parsimonia.

—¿Tu viejo también era un cabrón?

Slim no tenía ningún recuerdo del hombre que había dejado embarazada a su madre antes de dejarla para vivir su propia vida y que finalmente la había enviado a la tumba treinta años antes de lo debido. Sin embargo, era una oportunidad

—Hablaba más con los puños que con la boca —dijo Slim—. Ese anillo tuyo, tenía uno igual. Tengo una cicatriz debajo de la barbilla, justo aquí. Tocó un punto de su barbilla para dar un mayor énfasis. Tom frunció el ceño y asintió.

—Eh. Es el anillo de mi viejo. Le encantaba. Lo compró en algún lugar del extranjero. Era demasiado grande para él, pero lo usaba continuamente.

—¿Te lo quedaste cuando murió? ¿O te lo dio?

Tom resopló.

—Nunca la habría hecho. Se lo gané.

—¿Se lo ganaste?

Tom sonrió torvamente.

—Al póquer. Al viejo le gustaba jugar. No me dejaban jugar a menudo, pero una noche faltaba uno. Dios, luego me odió. Se hubiera quedado con mi coche si yo hubiera perdido.

—¿Tu coche?

—Le gustaba apostar fuerte. Era una de las razones por las que no me dejaban jugar. Perdóname un momento.

Tom se levantó y entró en el pequeño servicio de la oficina. En cuanto se cerró la puerta, Slim se abalanzó sobre la mesa, sacó una colilla del cenicero y se la metió en el bolsillo.

Tom volvió un minuto después.

—Tenemos que ir a recoger madera de aquel bosque de allí abajo —dijo, señalando con el pulgar por encima del hombro en dirección a la pared trasera de la cabina y el valle que daba al patio—. ¿Estás bien o esperamos a mañana?

Slim asintió.

—Estoy bien —dijo.

Tomaron el camión de Tom, bajando la colina y pasando Greendale hacia el valle. Tom se detuvo en un portón, se bajó del vehículo y lo abrió. Slim no estaba seguro de si el camión pasaría por aquel camino estrecho con setos gruesos a ambos lados, pero de alguna manera lo hizo, aunque las ramas de espino raspaban las ventanas mientras avanzaban a trompicones por un camino que era poco más que un sendero boscoso.

Pronto se encontraron en lo más profundo del bosque. Tom se detuvo en un claro que ya tenía algunos tocones a su alrededor. En lo alto, los pájaros revoloteaban por las ramas y sus cantos se mezclaban con los distantes de las gaviotas de los acantilados cercanos.

—¿Son tierras municipales?

Tom sacudió la cabeza.

—Es mía. Hace años que es de mi familia. Pero hay una servidumbre de paso que llega hasta Roaker's Gully ahí abajo en el valle. No hay mucho más que una playa, solo piedras, un agradable paseo para perros. —Encogió los hombros—. Aun así, necesito permisos para cortar cualquier cosa excepto pino. Por suerte tengo un compañero en el ayuntamiento.

Una sonrisa sugería que Tom le estaba contando a Slim un secreto, pero se había alejado entre los árboles antes de que Slim pudiera responder. Slim se dirigió a una sección distinta del camino, girando alrededor de una gran roca y descendiendo por una pendiente frondosa antes de desembocar en otro claro. Allí había en su centro un gran roble, con un tronco grueso y nudoso, evidentemente partido por un rayo en algún momento del pasado lejano y que había vuelto a crecer. Con sus ramas más altas mucho más delgadas que su antiguo tronco, parecía un calamar gigante saliendo del suelo.

—Feo, ¿verdad? —dijo Tom, apareciendo tan cerca del hombro de Slim que lo hizo dar un respingo—. ¿Sabes?, es ahí donde lo hizo.

Slim se dio la vuelta. Los ojos de Tom se habían puesto vidriosos y miraba fijamente el viejo roble como si estuviera experimentando una revelación. Slim no dijo nada, esperando a que continuara.

—Mi viejo —dijo por fin Tom—. Donde acabó con todo.

—¿Tu padre murió aquí?

—Arrancó el cable —dijo Tom—. Se superó a sí mismo, como quieras decirlo.

—Lo siento.

—No lo sientas. El cabrón no se fue demasiado pronto. Nunca lo he echado de menos, en ningún momento.

—He oído que era alguien importante para la comunidad —dijo Slim, eligiendo cuidadosamente sus palabras.

Tom gruñó.

—Por un lado, sí lo era. Por otro, no tanto. Se metía en la cama de cualquier mujer que lo dejaba, y te arrancaba la piel a tiras si podía clavar sus garras con la suficiente profundidad. Y en casa estaba dando mamporros constantemente.

Slim no dijo nada. No parecía un comentario con una buena respuesta. Hasta entonces había sospechado de Tom, pero ahora sólo sentía pena por él.

—Creen que al final se vio desbordado —dijo Tom—. Apostó de más y se encontró con una deuda impagable. Mamá siempre pensó que había perdido la casa y que, tarde o temprano, alguien aparecería reclamando lo que le debía. Siempre he estado atento, pero nunca lo han hecho. —Rio secamente—. En todo caso, hasta ahora no.

Slim decidió arriesgarse.

—He oído que Richard Maynard encontró el cadáver.

—¿Dónde has oído eso?

Slim encogió los hombros.

—Éste es un pueblo pequeño —dijo, tratando de parecer despreocupado—. Se oye todo tipo de cosas.

Tom asintió.

—Sí, es verdad. Maynard llamó por teléfono. Pero no fue el primero.

—¿No?

Tom sacudió la cabeza.

—No, alguien estuvo aquí abajo antes, alguien que lo conocía. —Otra risita seca, sacudiendo la cabeza—. Nunca supimos quién era. Vino aquí y le puso una máscara de pollo en la cabeza.

50

—Don, soy yo. Si puedes conseguirlas, necesito fotos de la escena del suicidio de Gerry Castle. Cualquier cosa que puedas conseguir. Podría ser importante

Habría sido difícil conseguir más información de Tom, ya que Slim necesitaba interpretar el papel del trabajador curioso y no el del investigador privado encubierto.

—¿Qué clase de idiota haría algo así?

Tom se limitó a encogerse de hombros.

—Papá tenía enemigos. Y aunque esté un poco alejado del camino principal, es un lugar bastante popular para pasear, y la maleza no es precisamente espesa. Podrían haber pasado media docena de personas a su altura antes de que alguna mirara hacia arriba y se diera cuenta.

—¿Quién va por ahí con una máscara de pollo? Alguien tuvo que verlo, ir a su casa y volver. Eso es… cruel.

Tom volvió a encogerse de hombros.

— El patólogo supuso que lo había hecho él mismo,

colocándosela en la cara antes de desconectarse, por así decirlo. Tal vez tratando de hacer que pareciera que alguien había acabado con él y arrastrando consigo a alguien más. —Tom gruñó—. A papá no le importaba joder a la gente. Debía ser su pasatiempo favorito, además de... bueno, no importa ahora, ¿verdad?

—Parece un poco demasiado.

Tom encogió los hombros una vez más.

—Es lo que dijo el patólogo. Yo qué sé.

El patólogo.

Slim pensó que era el momento de volver a visitar a Frank Davis.

Ya era de noche cuando acabaron de cortar y cargar la madera que necesitaba Tom. Con los brazos doloridos, Slim se dirigió a su casa, calentó una pizza congelada y se sentó en su pequeña mesa de comedor con un café fuerte para acompañarla. Tenía en mente multitud de posibilidades. No estaba más cerca de saber si Richard había sido asesinado, pero estaba claro que quedaban secretos por descubrir detrás de las tranquilas puertas de las casas de Trelee. Iba a necesitar un par de confidencias, pero si podía lograr que una persona confesara, eso abriría las puertas al resto.

Por improbable que pareciera por su personalidad, Tom seguía siendo su principal sospechoso. Tenía motivos para matar a Gerry y, si Ellen realmente tenía un acosador de pesadilla, tenía los medios.

«Lo mejor que he hecho nunca ha sido alejarla de

su madre».

Las palabras que había oído seguían resonando en su cabeza. ¿Y si Tom hubiera ido más allá de las simples amenazas hasta el punto de trastornar a Ellen? ¿Y si hubiera logrado de alguna manera aterrorizar a Ellen hasta el punto de incapacitarla para actuar como un miembro normal de la sociedad?

Sacudió ligeramente la cabeza. Era posible, pero descabellado. De todas las personas que había conocido en Trelee, Tom era el menos probable que viviera bajo una mentira. A veces puedes saber si alguien te oculta algo. Otras veces, una cara puede ser tan inexpresiva como una hoja de papel nueva en blanco. Lamentaba decir que Tom parecía un hombre sencillo, pero Slim no sabía si había alguna descripción que lo pudiera absolver de las sospechas.

Todavía estaba reflexionando sobre qué creer cuando unos golpes en la puerta lo apartaron de sus pensamientos tan repentinamente que casi derrama el café que tenía cerca del brazo.

Alison estaba de pie en un escalón del porche, arropada contra el frío mientras el viento enviaba una ligera lluvia que cubría el resplandor de la luz exterior.

—Volvía de un acto de la iglesia y vi las luces encendidas —dijo—. Sólo vengo a ver cómo te va.

—Bueno, mejor que te protejas de este tiempo —dijo Slim, dando un paso atrás para que Alison entrara—. Nos ha pillado por sorpresa, ¿verdad?

—Ha sido por la tarde. El tiempo suele ser así por aquí. Ahora está soleado… e inmediatamente se estropea.

—Me temo que ya he comido, pero te puedo ofrecer un café.

—Estaría muy bien.

Slim se preparó otra taza y una más para Alison,

agregó algunas galletas que había comprado en la tienda del pueblo y las llevó en una bandeja a la sala de estar. Alison se sentó en el sofá y Slim en el sillón cercano, poniendo entre ellos la bandeja sobre una mesa de café.

—¿Cómo van las cosas? —dijo él.

— Bueno, hoy terminamos la escuela, así que tengo un par de semanas libres.

—Claro, es verdad.

—¿Tienes algún plan?

Sólo faltaba una semana para Navidad. Slim se preguntó cómo había pasado tan rápidamente el tiempo. Tenía un par de días más de trabajo antes de que Tom cerrara la serrería para las vacaciones de Navidad y Año Nuevo. Estaba deseando tener un poco de tiempo libre para trabajar en el caso, pero no había pensado realmente en la Navidad. Casi todos los años la pasaba solo. En el pasado, la habría pasado borracho, celebrándola generalmente con una pelea a puñetazos en el callejón de un pub, de la que inevitablemente salía perjudicado, pero en los últimos años se las había arreglado para mantener períodos de sobriedad, pasando la fiesta con una cena de supermercado y lo que hubiera en la televisión.

Sacudió la cabeza.

—No, no tengo planes.

—Bueno, pues yo tampoco tengo nada especial que hacer este año. Hay una comida de Navidad en la iglesia y suelo ayudar. Además, hay buena conversación. También hay vino, pero podemos mantenerte alejado de él.

Slim sonrió.

—Suena bien. Me encantaría ir.

—Pues estupendo —miró a su alrededor—. ¿Cómo va tu investigación? ¿Has descubierto algo más?

Slim encogió los hombros.

—Nada concreto. Obtengo pistas aquí y allá, pero

nada que pueda probar. —Recordó las palabras de Alison: «No es ningún delito, Slim»—. ¿Qué recuerdas del suicidio de Gerry Castle?

Alison pareció desconcertada.

— Oh, bueno, no sé mucho al respecto. Fue una sorpresa, por supuesto. Era muy conocido por aquí. Yo no diría que era muy querido, pero sin duda era respetado. Su muerte fue sorprendente, pero el patólogo dictaminó suicidio. —Bajó la vista—. Es decir…

— Lo siento —dijo Slim, estirando la mano por encima de la mesa y poniéndola sobre la de ella antes de darse cuenta de lo que estaba haciendo—. No pensé que te afectaría.

—No pasa nada. Con mi Andy, no lo vi venir. Tal vez pasó lo mismo con Gerry.

—Tal vez.

Alison apuró su café y se puso de pie.

—Es mejor que me vaya. Es tarde y probablemente no debería molestarte.

—No, no, pásate cuando quieras. Lo digo en serio. —Slim sintió que se ruborizaba un poco—. Solo soy un viejo solitario, y oscurece temprano en esta época del año. La compañía es bienvenida.

Sintió un pequeño nudo en el estómago cuando ella sonrió. Había pasado un tiempo desde la última vez que se había sentido así, y no le resultaba desagradable. Por un momento sintió un destello de esperanza, de que ir allí no había sido tan malo como ser un hombre borracho tambaleándose en un callejón oscuro.

—¿Puedo acompañarte a casa?

—Está sólo a la vuelta de la esquina.

—Pero está oscuro.

Alison sonrió.

—Bueno, puedes acompañarme hasta la esquina de mi

calle, si quieres. Desde allí, me las arreglaré.

—Claro.

Se puso las botas y salieron juntos a la noche. El aire se había despejado y el viento amainado, y se encontró pensando en Ellen. ¿Qué estaría haciendo en ese momento? ¿Estaba a salvo?

Las pocas luces de la calle de Trelee proporcionaban breves oasis mientras caminaban por la calle de detrás de la iglesia, que se convertía en un pequeño callejón sin salida.

—Esa es mi casa —dijo Alison, señalando un pequeño bungalow a mitad de camino. Era bonito y limpio, con una luz que brillaba en la ventana de la sala de estar—. No es gran cosa, pero vale para una mujer sola.

La frase sugería atractivas posibilidades. Slim había arruinado demasiadas relaciones en el pasado como para depositar alguna esperanza en esta, pero respiró hondo y dijo:

—Parece ideal. Perfecta, incluso.

—Gracias. Deberías venir alguna vez a tomar el té.

—Lo haré.

—Buenas noches, Slim.

—Buenas noches.

Alison esperó un par de segundos, luego sonrió y se dio la vuelta. Slim la observó hasta que llegó a la puerta principal y entró, luego se dio la vuelta, con el estómago revuelto.

¿Cuánto tiempo había pasado? Su instinto le decía que la ignorara o implosionar, salvarla antes de que cometiera el error de liarse con él, pero una parte de él anhelaba una apariencia de normalidad, la oportunidad de dejar que alguien lo ayudara a superar ese dolor interminable.

A veces era muy duro estar solo.

Suspirando, se dio la vuelta y se fue a casa.

51

Pɪᴅɪó a Tom más tiempo para comer el día siguiente, a fin de poder llegar a tiempo a la oficina local de correos y enviar su paquete a Kay. Sin embargo, el proceso fue más rápido de lo que esperaba y se encontró con media hora disponible. Hacía buen día, así que dio un paseo por el pueblo hasta que se encontró en el portón de entrada al bosque donde habían recogido la madera el día anterior.

No era casualidad que hubiera venido aquí, lo sabía mientras miraba el camino donde Gerry Castle había encontrado su muerte. Necesitaba saber más, pasar un tiempo a solas en ese bosque, pensar.

Trepó rápidamente por la puerta y se dirigió hacia el viejo roble retorcido. Ahora que podía prestar atención a la distribución del área, veía claramente que el árbol en el que se había ahorcado Gerry estaba fuera del camino principal, pero en una ruta que estaba lo suficientemente libre de follaje como para parecer un sendero para alguien que no conociera la ruta. Sin embargo, para descubrirlo habría tenido que abandonar intencionadamente el sendero principal y pasar alrededor de la gran roca por alguna razón concreta. Tal vez persiguiendo a un animal o apartándose para hacer una parada rápida para aliviarse. Richard no habría tenido ningún motivo para abandonar el camino, a menos que hubiera sido por una razón concreta. Tal vez su intención había sido visitar el claro con el árbol, o tal vez estaba buscando algo.

Tras descubrir la verdadera ascendencia de Ellen, Slim consideraba que, además de Tom Castle, Richard también tenía un motivo bastante bueno para matar a Gerry. Fingir un descubrimiento casual seguramente habría llamado demasiado la atención, pero de haber cometido un asesinato, tal vez Richard no pudo pensar con claridad.

Avanzó un poco más, dando la vuelta al árbol, dándose tiempo para pensar. Sabía que había algo, algo escondido en las sombras en el fondo de su cabeza. Había visto algo, pero ¿qué era?

Regresó al camino y estaba a punto de empezar a subir la colina cuando sonó su teléfono, sobresaltándolo. Sacó el viejo Nokia, sorprendido de que tuviera una señal tan buena estando tan dentro del bosque, e igualmente sorprendido al ver el número de Tom. Slim miró a su alrededor, preguntándose si le habían descubierto.

—¿Tom? Soy yo. Estoy volviendo.

—Hola, John. Todo va bien. Me han llamado para un presupuesto de unos trabajos de reparación. Estaré fuera el resto del día, así que no tienes que volver. Tómate la tarde libre.

—¿Estás seguro?

Tom rio entre dientes.

—Es casi Navidad. Considéralo tu bonus.

—Gracias. Te lo agradezco.

De repente se encontraba con tiempo disponible, así que Slim volvió por el camino principal y esta vez pasó junto al árbol de Gerry, dirigiéndose hacia el valle. El camino comenzó a estrecharse y pronto llegó a un arroyo que burbujeaba en un canal rocoso. Un par de cientos de metros más adelante, los árboles se abrieron y Slim se encontró en el extremo de una playa de guijarros. Una pequeña pasarela cruzaba el arroyo. Un camino conducía recto, estrechándose en lo alto de la playa. A ambos lados, el camino del acantilado serpenteaba entre arbustos de aulagas hacia promontorios irregulares.

Slim cruzó el puente y caminó hasta lo alto de la playa. Una pequeña cabaña de madera se alzaba a un lado, en la base del acantilado. Parecía ajada por el clima, con una esquina del techo de hierro corrugado a punto de romperse y trozos de piedra caídos y esparcidos por doquier. Slim se acercó y miró a través de una ventana sucia de costras de sal, pero no pudo distinguir lo que había dentro. Sospechaba que era material de surf o incluso de primeros auxilios, pero no había avisos ni señales de ningún tipo. Se dirigió a la puerta, pero había un candado cerrado sobre un pasador.

Miró a su alrededor, frunciendo el ceño, luego cayó de rodillas, impulsado por su viejo instinto militar.

Ni rastro de nadie. La Navidad estaba cerca y esa remota playa no iba a atraer a nadie. Seguro de que nadie lo veía, sacó su ganzúa y abrió rápidamente el candado.

Se deslizó adentro, cerrando la puerta detrás de él. Al principio se decepcionó, porque el cobertizo parecía vacío, con sólo una mesa plegable y unas sillas de plástico en un rincón, un calendario antiguo colgado de la pared, un armario en una esquina con algunos vasos al revés sobre una toalla descolorida visible a través de un cristal en la puerta. Sólo un viejo club social, quizá sin usar por mucho tiempo.

Entender lo que estaba viendo fue para Slim como una

fuerte bofetada. Seis sillas, seis vasos. El número correcto para una partida, ni más ni menos.

Había encontrado accidentalmente el garito de Gerry Castle.

Con cuidado de no tocar nada, se inclinó y miró el calendario que colgaba de la pared. Una imagen de un hermoso prado local, probablemente algún calendario de caridad del pueblo. Debajo, los números desvaídos eran difíciles de distinguir, pero el mes y el año eran visibles: julio de 2007.

El mes en que Gerry Castle había muerto.

52

Era necesario hacer preguntas comprometidas a personas que tal vez no quisieran responderlas, pero Slim creyó que valía la pena tratar de mentir para obtener una confesión.

El miércoles 22 de diciembre, el primer día de la semana de vacaciones de Navidad de Tom, Slim se dirigió de nuevo a St. Ives. Suponía que a Frank Davis no le agradaría verlo, pero estaba seguro de que el patólogo jubilado tenía respuestas a sus preguntas.

Slim no estaba tan seguro de que se las proporcionara, pero tenía que arriesgarse.

La pensión tenía un bonito árbol de Navidad junto a la ventana de su comedor y una ristra de luces alrededor del marco. De la puerta colgaba una corona que parecía hecha en casa, tal vez por unos niños de primaria con la mejor de las intenciones.

Mientras esperaba junto al mostrador de recepción, Slim sacó un pequeño regalo envuelto de su bolsa. Frente a frente, Davis lo regañaría, le diría que se fuera o tal vez incluso llamaría a la policía, por lo que Slim había pensado adoptar una estrategia diferente, una forma alternativa de poner el pie en la puerta.

—¿Sí? ¿Puedo ayudarle?

Slim se alegró de ver que esta vez había una persona diferente en la recepción, una señora mayor a la que no había visto antes y que tal vez no sabía nada de su anterior encuentro con Davis.

—Buenos días —dijo, mostrando una alegre sonrisa—. Quiero ver a Frank Davis.

—Oh, está en su habitación. ¿Quiere que lo llame?

Slim negó con la cabeza.

—Es un viejo gruñón y no me gustaría molestarlo. ¿Pueden darle esto? —Deslizó el pequeño paquete sobre el mostrador, luego se inclinó hacia adelante y con tono conspirador susurró—: Son calcetines.

La mujer sonrió.

—Me ocuparé de que lo reciba.

—Se lo agradezco. Gracias.

Slim salió. Tenía una hora hasta el próximo tren, así que caminó hasta el puerto, compró una bolsa de patatas fritas y caminó por la arena, maravillándose con el hielo que brillaba en los charcos aislados de agua dulce del río que desembocaba en el mar. Era un día despejado, pero frío, y se preguntó si debería invertir en un nuevo par de guantes para Navidad. Entonces recordó la oferta de Alison de una comida de Navidad en la iglesia y se dio cuenta de que debía comprarle algo. Hacía un par de años que no necesitaba comprar un regalo para una mujer, pero pensó que podría encontrar algo que le gustara en las tiendas para turistas de St. Ives, abiertas debido a un sorprendente número de turistas invernales. No demasiado caro o descarado, pero sí lo suficientemente apropiado como para decir lo que quería decir.

La mayoría de las tiendas no vendían más que baratijas

hechas en China o trozos de conchas pegadas entre sí. No estaba seguro de que apreciara un paño de cocina de St. Ives o una bola de nieve con la Catedral de Truro y con una etiqueta de fabricada en China en la parte inferior, por lo que estaba empezando a desesperarse cuando llegó y pasó la hora del siguiente tren. Pensó en comprarle un cojín en una tienda de telas, pero cambió de opinión. Tras agotar todas las tiendas a la orilla del mar, deambuló por las calles secundarias y encontró una pequeña galería de arte.

Su descubrimiento le generó inmediatamente un hormigueo de miedo. No se parecía en nada a la casa de Ellen, pero no pudo evitar sentir que estaba desencadenando algo. Se sentó en un escalón al otro lado de la calle y esperó a que se calmara el súbito latido de su corazón.

Y fue entonces cuando se dio cuenta de lo que había notado por el rabillo del ojo.

Un cartel colocado en el escaparate. Era local, hecho en un ordenador de escuela e impreso, pero la imagen le recordó algo más, algo que había pasado por alto en su momento. Ahora su subconsciente le traía ese viejo recuerdo y lo unía a esto para hacer una conexión.

La imagen era de una representación en el ayuntamiento de la obra navideña de una escuela primaria local. El tema: el arca de Noé. La imagen: una fila de niños tomados de la mano, todos con máscaras de animales toscas y caseras.

53

—Lo siento, Slim —dijo Kay Skelton—, mi amigo dice que no coinciden los ADN. Los cigarrillos fueron fumados por diferentes personas.

Slim asintió. Se sintió desilusionado, pero medio se lo esperaba.

—No pasa nada. Gracias, Kay.

—Mi amigo dijo que archivaría los datos, así que si encuentras más muestras, envíamelas. Siento no poder ayudar.

Slim dio las gracias de nuevo a Kay y colgó. Luego lo intentó con Donald Lane.

—Don, soy yo. ¿Alguna buena noticia?

—Sí, aunque no te lo puedas creer. He conseguido esas fotos. Te las envío. No hay mucho que ver, pero quizá encuentres algo. Tengo que decirte que las del cuerpo… son otra cosa. —Don hizo una pausa—. Haré que las envíen por correo. Te llegarán mañana. ¿has conseguido una dirección segura para que te las envíe?

Le incomodaba darle a Don la dirección de la

vivienda, así que le dio en su lugar la dirección de la diminuta oficina de correos del pueblo. Luego, después de colgar, se sentó a la mesa en el comedor y sacó un mapa del área local del Ordnance Survey. Rodeó con un círculo la casa de los Maynard, la casa de Tom, la zona del bosque donde habían descubierto a Gerry y la playa donde había encontrado la cabaña. Después tomó un rotulador y resaltó las líneas del sendero que bajaba a través del bosque por debajo de Greendale, y el sendero del acantilado que conducía desde Roaker's Gully hasta el promontorio, donde se bifurcaba; un sendero descendía a Pentire Cove al sur, el otro iba tierra adentro hacia Trelee. Al nordeste de Roaker's Gully, el camino de la costa se adentraba en un llano de tierras de cultivo durante varios kilómetros hasta que llegaba a otro pueblo.

Si se descartaba la ruta del norte, que sólo habría interesado a senderistas expertos, quedaban dos caminos para volver a casa para cualquier residente de Trelee que jugara al póquer en el garito de Gerry. Slim tomó su teléfono, casi deseando que sonara, pero lo volvió a dejar cuando llamaron a la puerta.

Slim dejó a un lado su mapa.

—Sí, ¿quién es?

—Soy Alison.

Slim no pudo evitar sonreír. Se levantó rápidamente y fue a la puerta.

—Siento molestarte —dijo con una tímida sonrisa—. Es sólo que… Me he acordado de que hoy librabas y, dado que no hay escuela, pensé que no tendrías nada que hacer. Me preguntaba si querías dar un paseo hasta Truro y hacer algunas compras navideñas de última hora. Además, el árbol que tienen en la plaza es muy bonito.

Slim vaciló. Quería trabajar en el caso, pero al mismo

tiempo, la Navidad era dentro de unos pocos días, y si dejaba que el caso tuviera prioridad, pronto lo consumiría, como había sido con los otros.

Sonrió.

—Voy a coger un abrigo —dijo.

54

ALISON LE AYUDÓ A ALIVIAR el estrés del caso y Slim se divirtió mucho más de lo que hubiera querido admitir. Pasearon un buen rato por Truro y cenaron en un bonito café en una calle secundaria que, para alivio de Slim, no vendía alcohol. Alison le preguntó si pensaba ir a la fiesta de Navidad del club de billar del jueves, pero Slim la desanimó con un vago «tal vez». No estuvo seguro de por qué (después de todo, cuando estaba feliz tenía más control sobre la bebida, y en los últimos días se había sentido más feliz que de costumbre) hasta que, cuando conducían de regreso a través de Wadebridge, pasaron por el viejo garaje de Gerry, que quedaba a su izquierda. Slim se había mantenido alejado de Ellen después del episodio anterior, pero ahora sentía que le atraía.

—¿Te importa dejarme en el pueblo? —preguntó—. Tengo algo que hacer. No tienes que esperarme. Puedo volver en autobús.

—¿Tiene que ver con tu investigación?

—Sólo es algo que tengo que comprobar.

—No me importa esperarte, si quieres. O podría ir contigo…

—No, está bien —dijo, e inmediatamente se arrepintió de su tono—. No estoy seguro de cuánto tiempo me va a llevar, nada más. —Sin poder contenerse, le dio una palmadita en el brazo—. No que quiera que te vayas. Has sido… muy amable conmigo.

Sus ojos se encontraron por un momento y Slim se preguntó si podría pasar algo, si tal vez Alison había esperado que la noche continuara un poco más. Luego, ella miró hacia la carretera y encendió el intermitente para salir de la circunvalación.

—Claro, si eso es lo que quieres. Tal vez podríamos vernos mañana para comer o algo.

Slim asintió con la cabeza.

—Me encantaría.

Poco más se dijeron antes de que ella se detuviera en la calle principal de Wadebridge para que Slim se bajara del automóvil.

Éste observó con un dolor incómodo en la boca del estómago cómo se perdían de vista las luces traseras del auto.

Fuera de la calidez del coche de Alison, de repente se sintió menos dispuesto a enfrentarse al frío y la oscuridad para visitar a Ellen, pero mientras caminaba con cautela por la calle, resistiendo la atracción de cada puerta de pub a su paso, sonó su teléfono.

Dudó al ver un número no identificado y decidió responder rápidamente antes de que dejara de sonar.

—Slim Hardy al habla.

—Ah, así que ése es su nombre real. Gracias por los calcetines.

~

Querido Frank:

Te lo debería haber preguntado en persona, pero creo que mi cara o mis evidentes mentiras me hacen más susceptible que la mayoría a los golpes recibidos. Te dije que mi nombre era Mike Lewis y que era tu hijo tratando de sonsacarle información. No funcionó, y me disculpo por mi falta de sinceridad y por las amenazas que lancé indebidamente contra un hombre que merecía más respeto. La verdad es que soy un investigador privado alcohólico con apenas cien libras en mi cuenta y vivo de alquiler en la propiedad de un hombre al que estoy investigando por su participación en un posible asesinato. He mentido, engañado y hecho todo tipo de cosas inapropiadas para llegar al fondo de una historia que no parece tenerlo. Me gustaría más que nada en el mundo lograr cerrar este caso, por muy inútil que sea hacerlo, para así poder irme y dejar a esta gente en paz.

No soy gran cosa. Tengo cincuenta años y, aparte de un par de golpes de fortuna, he pasado por la vida sin apenas quejarme. Mi maldición, sin embargo, es que soy persistente y demasiado curioso y no puedo irme hasta que haya terminado con este caso, por muy banal o intrascendente que pueda ser.

Me pesa tener sangre en mis manos. Este último verano arruiné una investigación que acabó con una niña muerta. Lo mejor habría sido tirarme desde los acantilados de Pentire Cove, que fue la razón por la que vine aquí. Sin embargo, como llevaba sospechando desde hacía mucho tiempo, cuando me enfrenté a la muerte descubrí que era un cobarde.

Sin embargo, a pesar de todos mis fallos, he descubierto secretos, confesiones ocultas que enviarían a prisión a personas que no lo merecen. Me gustaría preguntarte sobre Gerry Castle y Richard Maynard. Puedes decirme lo que quieras y guardarte lo que no. Nadie tiene que saber nada acerca de nuestra conversación. Pero tengo que hacer las preguntas, de una forma u otra. Es lo único que podría valerme.

Espero que te gusten los calcetines. Ha sido un largo invierno y esas viejas pensiones pueden tener corrientes de aire.

Un saludo,

John "Slim" Hardy, a veces Mike Lewis, cuando me viene bien.

P.S. No me preguntes por qué la gente me llama Slim. Es una historia larga, pero nada interesante. Es por una tubería, y sucedió hace mucho tiempo, en un país mucho más caluroso que este, y eso es todo lo que te voy a contar.

55

—Es la solicitud más pomposa y prolija que he leído —dijo Frank Davis, mientras Slim se inclinaba sobre un café en una pequeña cafetería de la calle principal de Wadebridge, con el teléfono pegado a la oreja—. Quieres saber sobre Gerry Castle y Richard Maynard. Si te lo cuento, puedes hacer lo que quieras con ello, pero no quiero verme involucrado. Negaré haber hablado contigo, fingiré demencia, lo que sea. Ya soy demasiado viejo.

—Nunca mencionaré tu nombre —dijo Slim.

—Empezaré por Richard. Es el más sencillo.

—Adelante.

—Murió exactamente como dice en el informe. Insuficiencia cardiaca. Tenía MAVD, una afección cardíaca hereditaria. Pudo haber pasado en cualquier momento, pero se produjo en ése en concreto. —Frank suspiró—. Cosas que pasan.

—¿Nada sospechoso en absoluto?

Una breve pausa. Luego Frank dijo:

—Tenía ligeras depresiones en sus ojos y su boca. Podría significar que lo tocaron poco después de su muerte.

—¿Quién?

Frank rio secamente.

—«Murió con los ojos cerrados y una sonrisa en su rostro». Muy poético, ¿no? Yo supongo que a esa niña que estaba con él en ese momento no le gustó la expresión de la cara de papá, así que la reorganizó un poco antes de que se llegara al *rigor mortis*.

Slim no dijo nada. Miró hacia la calle a través del cristal empañado de la ventana del café, imaginando a una niña que se enfrentaba a la muerte de su padre. Tal vez Ellen había pensado que Richard estaba jugando, fingiendo su muerte, y solo después de intentar en broma cambiar la expresión de horror en su rostro se dio cuenta de la verdad. Pero eso seguía sin tener sentido. Ellen le había dicho que entonces ya sabía que Richard no era su padre. ¿No habría hecho eso que su reacción fuera diferente?

¿Y si estaba aún en negación?

—¿Sigues ahí?

—Tengo que hablar con Margaret —dijo Slim.

—¿Qué?

—Perdón… continúa.

—Quieres saber sobre Gerry, ¿verdad?

—Sí.

— Bueno, escucha. He vivido con esto durante veinte años y una vez que te lo cuente, no lo voy a repetir. Así que escúchame, y escúchame bien.

—Estoy escuchando —dijo Slim.

Era difícil ver claramente a través de la lluvia. Había arreciado de nuevo, pero el viento estaba tranquilo esa noche, aunque llovía a cántaros.

Cruzaba el parque, ya sin miedo. No estaba bebido, pero en su corazón había una pesadez melancólica. Pensaba en Emma, la niña que había muerto, y en la última llamada desesperada de su madre, y se mantenía fuerte por otra niña que necesitaba protección, una niña que había crecido bajo un velo de miedo, atormentada por lo que había visto, y las pesadillas que la habían acosado día y noche desde entonces, las pesadillas que eran tan de carne y hueso como cualquier hombre.

Había escuchado lo que Frank tenía que decir, pero gran parte de esa asombrosa revelación podía esperar hasta mañana. Necesitaba hacer algo esa noche.

La casa de Ellen apareció frente a él, un bulto gris en un rincón del parque, perfilada por las luces de la calle que había más allá. No brillaba ninguna luz a través de las ventanas viejas y sucias, pero Slim sabía que Ellen estaba dentro. Nadie en su sano juicio estaría fuera con ese tiempo.

Entonces recordó que Ellen no había estado en sus cabales desde hacía muchísimo tiempo.

O al menos, eso era lo que la habían hecho creer y, junto a una gran cantidad de trauma, la artimaña había sido fácil de mantener.

La puerta trasera estaba abierta. Slim se deslizó dentro, sacando una pequeña linterna del bolsillo. Frente a él, varias docenas de caballetes eran como maniquíes de colores brillantes que bailaban en el silencio. Usando una vieja técnica militar para ocultar sus pasos, se colocó entre ellos, alumbrando con la linterna las pinturas mientras se dirigía al fondo de la habitación, ahora más capaz de entender lo que significaban las pinturas, de acuerdo con lo que había aprendido en el bosque y después de su conversación con Frank. Vio la sombra oscura, la figura alargada, la que había mantenido a raya a Ellen todos estos años, pero que Slim creía que ahora conocía y podía combatir.

Allí estaba la niña, jugando con su hermana, con el espectro de Dicky Bird en la hierba sobre el hombro de esta última. Allí estaba Ellen, de pie junto a la ventana de su dormitorio, contemplando una figura en la oscuridad. Allí estaba Ellen, viendo indicios por todas partes: marcas en su pupitre de la escuela, plumas en su casillero. Allí estaban las huellas en el barro fuera de su casa, y estaban los susurros junto a la ventana a altas horas de la noche.

«No digas una palabra sobre lo que has visto».

Slim se giró al oír el crujido de una puerta detrás de él. Se dio la vuelta, con el corazón acelerado, y levantó la linterna. Ellen, pálida y efímera, vestida únicamente con una camiseta y pantalón corto a pesar del frío, gimió cuando la luz de la linterna le dio en los ojos. Se dio la vuelta para correr, pero Slim gritó:

—Soy John Hardy. Lo siento, no quería asustarte. La puerta estaba abierta y yo…

Ellen se detuvo, bajó las manos y respiró hondo. Slim se acercó lentamente a ella. Bajó la luz de la linterna hacia el suelo. Ellen era solo un contorno frente a él, una silueta.

Hasta su conversación con Frank, pensaba que ella misma podía ser Dicky Bird.

Ahora sabía otra cosa.

—Nadie te creía —dijo—. Decías que Dicky Bird era real, pero te llamaban mentirosa, te decían que habías perdido la cabeza. Te convencieron de que estabas loca, y con los años tú misma empezaste a creerlo. No estás loca, Ellen. Sé que Dicky Bird era, y es, real, y no tienes que preocuparte. Puedo protegerte de él.

Ellen, estática como una estatua inmóvil, empezó a desplomarse. Dejó escapar un gemido y cayó en los brazos de Slim. La abrazó con fuerza contra él, sintiendo la fragilidad de su cuerpo, el frío, el vacío. Le puso una mano en la nuca y le acarició el pelo mientras ella lloraba sobre su cuello.

—Estás a salvo —dijo Slim—. Él ya no te puede acosar.

Ellen dijo algo que era poco más que un murmullo. Sin embargo, Slim había captado una palabra, y se movió, frunciendo el ceño mientras un hormigueo desagradable le recorría la espalda.

—Lo siento, no he podido…

—No es él —dijo Ellen, un poco más alto esta vez—. No es él. *Es ella*.

56

—¿QUIERES saber sobre Gerry? —había dicho Frank, con un toque de burla en su voz—. Si hubiera podido hacer desaparecer lo que quedaba de él y borrar su existencia del mundo, lo habría hecho. Por desgracia, lo recuerdo cada vez que me miro en el espejo, aunque, si se hubiera salido con la suya, no estaría mirando nada en absoluto.

—¿Fue un suicidio?

Frank se quedó en silencio durante varios segundos y finalmente dejó escapar un largo suspiro.

—Era fácil decir en el informe que lo fue —dijo—. Estaba colgado de un árbol. Había fibras de cuerda en sus manos. Estaba lo suficientemente cerca del baúl como para poder haber trepado hasta allí él solo. Sí, era fácil calificarlo como suicidio.

—¿Pero lo fue?

Frank volvió a suspirar.

— Su ropa tenía marcas de desgaste, lo que sugiere que lo habían arrastrado hasta allí. Ligaduras en el cuello que sugerían que estaba muerto o casi muerto cuando lo colgaron. No había rasguños en el tronco del árbol, algo que probablemente habría habido si hubiera trepado y hubiera estado vivo cuando se colgó. Y había eyaculado recientemente. ¿Es eso normal en un hombre a punto de suicidarse?

—¿Así que lo ocultaste?

—No oculté nada. Sólo registré cierta información y dejé que otra… no constara.

—¿Por qué?

—Porque no quería que nadie hurgara demasiado profundamente en el pasado de Gerry.

—¿Por qué no?

—Había cosas que yo no quería que se descubrieran.

—¿Como cuáles?

Frank hizo una pausa y luego dijo:

—¿Cómo sé que no estás grabando todo esto?

Slim soltó una risa seca.

—Porque a veces soy tan inútil como detective como lo soy como hombre, y aunque grabar esta conversación podría haber sido una buena idea, ni siquiera lo he pensado. Ni siquiera estoy tomando notas, aunque escribiré más tarde todo lo que necesite recordar, si hay algo que merezca la pena.

Frank resopló.

—Bueno, tu sinceridad me parece una novedad. Habría disfrutado de una pinta contigo en otras circunstancias.

—Soy alcohólico.

—Vaya. Entonces puede que te resulte más fácil entenderlo. Lo mío era el juego.

—No era lo que se rumoreaba, no tenía nada que ver con Margaret, ¿verdad? ¿Qué pasó entre tú y Gerry?

—Estaba en la junta directiva —dijo Frank—. Y yo trataba de besar los culos correctos. Pensé que enseñar iba a ser fácil, pero descubrí que era más difícil, en cierto modo, que revisar cadáveres. Empezaba con unas partidas en broma para así crear una relación, hasta que sabía que eras el tipo adecuado. Empezaba con apuestas pequeñas y te dejaba ganar unas cuantas veces. Luego las subía un poco. Regresaba a casa de una partida con un par de cientos de libras en el bolsillo. Aun así, siempre sabía que iba a volver.

Slim asintió en señal de comprensión.

—Yo bebía hasta destruir todas las relaciones importantes que tenía —dijo Slim—. Acababa con cualquier confianza, engañaba a toda la gente lo suficientemente buena como para creer en mis mentiras, alejaba a mis amigos, rechazaba a mujeres lo suficientemente tontas como para amarme. E incluso cuando no tenía nada, buscaba monedas alrededor de mis pies descalzos e iba en busca de otra bebida. Sé cómo funciona.

—Una noche la cosa se puso seria —dijo Frank—. Tenía cuatro ases y pensé que iba de farol. Gerry no se retiraba y las apuestas eran cada vez más altas. Debería haber renunciado… Debería haber…

—¿Cuánto?

—Diez… diez de los grandes.

Slim silbó entre dientes.

—¡Ay!

—Gerry me dio una semana para encontrar el dinero.

—¿Y lo encontraste?

—Conseguí… siete. Robé lo que no pude reunir. Robé una noche en una panadería local, me llevé todas sus ganancias. Nunca he sido tan miserable. —Slim escuchó un gemido al otro lado de la línea y supo que Frank estaba llorando—. Pero ese desgraciado me hizo sentir peor aún. Lo primero que hizo cuando me vio, fue obligarme… fue obligarme a beber su orina.

—¿Que hizo *qué*?

—Me enfrenté a él en la partida. Lo llamé tramposo, dije que había amañado la baraja. Yo había tomado unas copas…

Slim gimió.

—Así que fue eso.

—Me dijo que tenía que lavarme la boca. Después de obligarme… me dio una paliza y luego me sacó un ojo con el cuello de una botella de cerveza. Me dijo que me habría arrancado los dos, pero recordó cómo cuidé de Margaret cuando empezaron los rumores de que su padre la vendía a sus amigos. Hice lo que debía hacer un maestro responsable y contacté a los servicios sociales, pero Gerry llegó antes. No sé qué le pasó a su padrastro, pero no me sorprendería que desapareciera en los acantilados. Gerry Castle no se andaba con chiquitas.

—Ya veo.

Frank rio entre dientes.

—Me perdonó los otros tres grandes.

—¿Volviste? Ya sé cómo va eso.

—En realidad, no. Había dejado la patología sobre todo porque me estaba aficionando a estar cerca de los muertos, pero después de un par de años de enseñar e involucrarme con Gerry, di un giro radical y me di cuenta de que, después de todo, prefería la compañía de los muertos. Los muertos no pueden hacerte daño, ¿verdad? Planeé en mudarme, pero me sentí atrapado en un choque de trenes. Y siempre esperé tener algún día la ocasión de vengarme de Gerry. Murió antes de que yo tuviera la oportunidad.

—Y luego, ¿falseaste los detalles de su muerte para evitar que alguien fuera acusado de ser responsable?

— No era tan difícil. Una línea borrada aquí, una palabra saltada allá. Nada que no pudiera haber explicado como un error si la policía escarbaba demasiado. —Frank suspiró—. No sé por qué lo mataron, pero puedo adivinarlo. Alguien más se enfangó demasiado, pero tal vez lo vio venir y actuó antes.

Slim se quedó en silencio por un momento, reflexionando sobre lo que había dicho Frank. Luego, en voz baja, dijo:

—El póquer no es un juego de dos. ¿Quién más jugaba con Gerry? Dame nombres.

—Sólo te diré los que conozco si me aseguras que esto no se volverá contra mí.

Slim se aclaró la garganta.

—De un tren descarrilado a otro: tienes mi palabra.

57

EN LO ALTO de la casa, Slim golpeó ligeramente la puerta del dormitorio y esperó hasta que una voz tranquila murmuró:

—¿Sí?

Slim abrió la puerta una rendija. Ellen estaba sentada en el suelo, con un bloc de dibujo entre las piernas, rotuladores y lápices de colores esparcidos como confeti a su alrededor.

—Tengo que salir —dijo—. No abras la puerta a nadie y mantén las cortinas cerradas. No tardaré. —Ellen asintió y Slim sintió una punzada de culpa. La había convencido de que estaría más segura con él, pero ahora que estaba ahí, no estaba seguro de qué hacer con ella.

—Lo siento —dijo—. No quiero que te sientas una prisionera. Esto terminará pronto, espero.

Ellen volvió a asentir. Slim cerró la puerta y se fue.

¿Terminaría pronto? Eso esperaba, pero la confesión de Frank había abierto más puertas de las que había cerrado. Parecía que la mitad del pueblo se había sentado en un momento u otro alrededor de la mesa de póquer de

Gerry Castle. Los nombres que Frank le había dado incluían a Bill Trilby, Mick Anderson e incluso al esposo de Wendy, Trevor Nicolson. Eran tantos que podría llevar meses investigarlos a todos, ¿y cuántos más podía haber?

Ellen sabía más de lo que le había dicho, pero era un testigo frágil, a quien había que interrogar con cuidado. El trauma que había sufrido había dejado partes de su personalidad todavía infantiles. Sus recuerdos, incluso después de tantos años, seguían frescos y reales, pero aún podían ocasionar cicatrices y daños. Si la presionaba demasiado, se encerraría en sí misma, tal vez por completo.

Volvió atravesando el pueblo, envalentonado por su conocimiento, pero sin saber todavía cómo proceder. Necesitaba conectarse para verificar la información de sus cámaras de vídeo, para ver si la que había puesto delante de la casa de Ellen había captado algo. Sin embargo, después de ir a revisarla, descubrió que se había desprendido y torcido y se había quedado mirando hacia abajo, por lo que tenía pocas esperanzas.

Mientras se acercaba a la casa de Maynard, advirtió que la camioneta de Tom no estaba y decidió actuar siguiendo su intuición.

Después del tercer golpe, se oyó desde el interior la voz elevada de Margaret. Un momento después, la puerta se abrió y una mirada cansada se convirtió en preocupación y sorpresa.

—John… ¿cómo estás? ¿En qué te puedo ayudar?

—¿Te molesto? Lamento presentarme así. Me preguntaba si podía hacerte un par de preguntas.

Margaret suspiró.

—¿Sigues hurgando en el pasado? No puedes dejarlo…

—Podría, pero no cuando afecta al presente.

—Tom ha ido a Wadebridge a buscar pintura, pero no tardará mucho. Será mejor que entres.

Slim no había dejado de sospechar del todo de Margaret, así que optó por no decir nada acerca de que Ellen estaba escondida en su casa a menos de un kilómetro de distancia. En cambio, sonrió agradecido cuando ella le sirvió un poco de café sobrante de un filtro y le ofreció un asiento en la mesa del comedor. En un rincón, un televisor mostraba una serie de tarde con el sonido bajo.

Slim se inclinó hacia adelante y la miró a los ojos.

—Siento tener que hacer estas preguntas, pero me gustaría saber algo sobre el día en que encontraron el cuerpo de Gerry Castle.

Margaret frunció el ceño y se frotó la frente.

—Dios, ¿tienes que hacerlo?

—Estoy tratando de encajar las piezas.

Margaret parecía a punto de echarse a llorar.

—¿No puedes dejarlo en paz? Me estás pidiendo que reviva uno de los peores días de mi vida.

—Lo sé y lo siento.

Margaret agitó una mano hacia él y puso los ojos en blanco, pero aun así se sentó frente a él.

—Sé que tienes buenas intenciones…

—Tengo razones para preguntar.

—Espero que sean buenas.

—Visitaste la casa de Gerry aquel día, ¿verdad?

Margaret cerró los ojos y asintió.

—Lo hice. ¿Cómo lo has sabido?

Slim se encogió de hombros.

—Lo imaginé —dijo, sin querer revelar demasiados detalles, con la esperanza de que Margaret llenara algunos de los vacíos que había adivinado.

Margaret sólo suspiró y agitó una mano con gesto de resignación.

—Dios sabe por qué elegí esa mañana en concreto. Había habido una tormenta la noche anterior y Richard había bajado a la playa para limpiar de escombros los senderos. Habíamos estado discutiendo mucho y ya tenía bastante. Fui a casa de Gerry para decirle que quería dejar a Richard. Estaba tan enfadada que estaba dispuesta a enfrentarme a su esposa si hacía falta.

Slim asintió.

—¿A Gerry no le interesaba?

Margaret sacudió la cabeza.

—Sabía que Ellen era su hija, así que la llevé conmigo para convencerlo. Sarah estaba jugando en la casa de una amiga.

—Pero Gerry no estaba, ¿verdad?

—Llegué allí y Valerie, su esposa, estaba frenética. Siempre iba al pub cuando le parecía bien, pero esa vez había estado fuera toda la noche. Por supuesto, tan pronto como aparecí, se enfrentó a mí.

—¿Sabía lo tuyo con Gerry?

Margaret puso los ojos en blanco.

—Era una vieja vaca celosa. Sospechaba de todas. Tal vez si hubiera sabido hacerlo feliz, él no se habría interesado por mí.

Slim optó por no expresar lo que había oído sobre Gerry Castle, para no desviarse del relato de Margaret.

—¿Y qué pasó? ¿Cómo terminó Ellen en el bosque?

—Huyó mientras discutíamos. —Margaret puso los ojos en blanco—. Valerie y yo estábamos demasiado ocupadas arrancándonos la piel a tiras como para darnos cuenta en ese momento. Al final, después de dejar de gritarnos de todo, decidí dejar caer la bomba otro día. Fui a buscar a Ellen, que se había ido al jardín, pero no se la veía por ninguna parte. Los Castle tenían una de esas pequeñas puertas en la parte inferior del césped como sacadas de un libro ñoño de Enid Blyton. Ellen la había dejado abierta y por eso supe que se había ido al bosque.

—¿La encontró Richard?

—Le llamé. No esperaba conseguir hablar con él, con la cobertura que tenemos aquí, pero debía estar junto al agua, lejos de los acantilados. Dijo que subiría y la buscaría.

—¿Le dijiste que estabas en la casa de los Castle?

—No tuve alternativa.

—¿Richard sabía entonces lo de Ellen?

Margaret se pellizcó la punta de la nariz mientras asentía, cerrando los ojos con fuerza.

—Él… lo había adivinado.

—¿Cómo reaccionó?

Margaret negó con la cabeza y Slim no estuvo seguro de si respondería. Entonces dijo:

—Richard habría sido suficiente para la mayoría de la gente. Era solo que… Gerry…

Se oyó un portazo al fondo del pasillo y Slim se dio la vuelta al oír el sonido de unas botas raspando la alfombra. Tom. No pudo hacer nada más que llevarse la taza de café casi vacía a los labios con un gesto de indiferencia cuando entró su jefe, lo miró y casi dejó caer la lata de pintura que llevaba.

—¿Qué pasa aquí?

—John, sólo…

—En realidad, preguntaba por ti —dijo Slim pensando rápidamente—. No he podido encontrar una llave para el radiador en la sala de estar, y me preguntaba si tenías una de repuesto. Quería purgarlo un poco. Margaret me ofreció un café. —Miró a la taza y luego sonrió—. Estaba un poco flojo para mi gusto. Lo prefiero preparado el día anterior.

Margaret soltó una risa ahogada que traicionaba su

conversación anterior. Tom miró a uno y otro y Slim se preguntó si estaba a punto de ser golpeado, expulsado, despedido o una combinación de los tres. Tom, sin sonreír, asintió.

—Paso luego a arreglarlo.

Su tono le dijo a Slim que no había desechado por completo sus sospechas, pero terminó los posos del café, dejó la taza y se frotó las manos.

—Gracias por la conversación —le dijo a Margaret—. Y gracias por la llave —añadió, señalando con la cabeza a Tom, que seguía mirándolo. Luego, tal vez después de darse cuenta de lo que estaba haciendo, Tom se hizo a un lado para dejar que Slim saliera al pasillo. En la puerta, Slim se volvió y saludó brevemente con la mano, luego, agradecido, salió a la luz del sol.

Todavía estaba de pie en el andador del jardín cuando la puerta se cerró de golpe detrás de él.

58

Después de su encuentro con Tom, Slim se apresuró a regresar a la casa para ver cómo estaba Ellen, pero la joven estaba donde la había dejado, dibujando en silencio en el piso del dormitorio. Volvió a advertirle que no abriera la puerta y luego le dijo que existía la posibilidad de que Tom entrara en la casa para comprobar el radiador.

—Quédate aquí—dijo, y luego le entregó una cuña triangular de plástico—. Si lo oyes subir las escaleras, mete esto debajo de la puerta.

Ellen le miró mientras la ponía encima de una cómoda junto a la puerta y luego asintió.

—Sólo tengo que hacer un recado, ahora vuelvo —dijo Slim—. Volveré en cuanto pueda.

No le gustaba dejarla sola, pero se daba cuenta de que estaba cerca. La respuesta al enigma aún estaba fuera de su alcance, pero si averiguaba un poco más…

Primero fue a la oficina de correos local para recoger las

fotos que Don había enviado. Como quería mirarlas rápidamente pero sin que nadie lo molestara, no tenía otra opción mejor que el patio de la iglesia, donde encontró un banco debajo de los árboles. Se sentó y abrió el sobre, sacando un fajo de imágenes en alta resolución.

Ver el cuerpo de Gerry Castle le trajo sentimientos de realismo que hasta ahora había tratado de no tener. Sin embargo, lo peor era la máscara, una cosa tosca de papel maché con agujeros para los ojos, un pico hecho de cartón burdamente doblado y plumas que sobresalían por todos los ángulos. Slim se había preguntado de dónde podría haber sacado Gerry algo así, pero al verlo se dio cuenta de que había sido Ellen o quienquiera que hubiera matado a Gerry quien se lo había puesto en la cara.

—Hola, me alegro de verte. ¿Qué haces aquí?

Levantó la mirada. Alison acababa de salir del porche de la iglesia, con una escoba y un recogedor en la mano.

Slim guardó rápidamente las fotografías de nuevo en el sobre y sonrió.

—Oh, nada importante.

—¿Quieres un café? Ya he acabado por hoy.

Aunque el café era algo para lo que siempre tenía tiempo, no quería dejar sola a Ellen mucho rato. Entonces recordó que quería comprobar algo más.

—En realidad, me preguntaba si podrías hacerme un favor. ¿No tendrás una conexión a Internet que me puedas dejar durante unos quince minutos, verdad?

—Eh… pues sí que la tengo. —Alison sonrió—. Supongo que también necesitarás un ordenador…

Slim rio entre dientes.

—Me conoces demasiado bien.

Se dirigieron a la casa de Alison a la vuelta de la esquina. El cielo azul de la mañana había comenzado a nublarse y se había levantado viento.

—Aquí el tiempo cambia rápidamente, como ves —dijo Alison—. ¿Ya te estás acostumbrando?

—Poco a poco —dijo Slim, sonriendo como respuesta—. Para ser sincero, me empieza a gustar esto.

Alison no dijo nada, pero mientras asentía, Slim advirtió una ligera sonrisa en sus labios. Cuando ella abrió la puerta principal y lo dejó entrar a su casa, deseó haber tenido tiempo para quedarse a algo más que un café.

Alison lo llevó al cuarto de estar, luego le indicó una mesa detrás del sofá donde estaba instalado un ordenador portátil.

—Va un poco lento —dijo, pulsando un botón para encenderlo—. Voy a poner el agua a hervir.

Mientras desaparecía a través de una puerta hacia una bonita cocina, Slim miró alrededor de la habitación observando las fotografías y recuerdos de las estanterías. Docenas de fotos familiares, muchas de un joven con una sonrisa agradable que Slim supuso que era Andy, el difunto marido de Alison. Parecía que a los dos les había gustado el senderismo y la escalada, con varias fotos enmarcadas delante de montañas famosas, incluso una en la base de una cascada de hielo traidoramente empinada. Se les veía tan unidos, tan felices, que Slim no pudo evitar sentir celos y tristeza al mismo tiempo.

—Ya te dije que va lento —dijo Alison, volviendo a través de la puerta—. A veces pienso que no va a arrancar.

Slim tocó la carcasa del ordenador.

—Solo necesito comprobar algo rápidamente —dijo—. Me temo que no me puedo quedar mucho tiempo. Tengo… a Ellen en mi casa.

Alison se quedó paralizada y, por un momento, Slim pensó que dejaría caer el paño de cocina que sostenía. Abrió completamente los ojos y dijo:

—¿Ellen Maynard? ¿Eso es… una buena idea?

—Está en peligro y necesito protegerla, mantenerla a salvo. Estoy cerca de las respuestas, estoy seguro.

Apareció la pantalla de inicio, con los iconos parpadeando uno a uno.

—¿Esto tiene que ver con el caso? —dijo Alison, apoyándose en su hombro.

Slim hizo clic en el logotipo del navegador de Internet y esperó a que apareciera. Luego abrió un sitio web e ingresó su nombre de usuario.

—Instalé un par de cámaras —dijo, sintiendo una sensación de alivio al contarlo, como si con cada información que compartía, se quitara un peso de encima de sus hombros—. Una estaba fuera de la casa de Ellen. Espero poder ver si este supuesto amigo imaginario es en realidad una persona real o no. He visto algo… pero no sé qué es.

En el centro de la pantalla apareció un icono de carga dentro de un círculo. Alison se fue a la cocina y volvió con una taza de café que dejó junto a él.

—Tengo que colgar la colada —dijo—. Vuelvo en diez minutos. Grítame si necesitas algo.

—Claro.

Volvió a la cocina y cerró la puerta. El sitio web finalmente se abrió y Slim buscó las imágenes de su cámara. Activada por movimiento, tomaba fotografías fijas en intervalos de un par de segundos. Sin embargo, la cámara que había instalado fuera de la casa de Ellen resultó tan inútil como había temido, apuntando directamente hacia abajo y sin mostrar nada antes de desprenderse, aparte de un par de coches que pasaban a toda velocidad. Frustrado, Slim estaba a punto de apagar el ordenador cuando pensó que también podría revisar la transmisión de la casa. Estaba seguro de que había sido

Tom checándole, o tal vez recogiendo el correo, pero tal vez era mejor asegurarse.

Como quería volver rápidamente con Ellen, abrió la transmisión de la cámara de la entrada de la casa y avanzó rápidamente, viéndose al principio sólo a sí mismo yendo y viniendo. Aceleró la grabación al máximo, buscando un cambio en los colores de su habitual negro y verde grisáceo a medida que iba y venía.

Estaba casi seguro de que estaba equivocado, y estaba a punto de apagar la grabación cuando captó un destello de color. Se detuvo, rebobinando la imagen para verla mejor.

Mientras miraba el parpadeo de imágenes, vio una persona que se movía rápidamente por el pasillo hacia el comedor y regresaba unos minutos más tarde, sus manos comenzaron a temblar y un escalofrío le recorrió la espalda.

Luego, temblando tanto que apenas podía controlar sus movimientos mientras la sangre latía en sus sienes y un picor recorrían su cuello, se apartó de la mesa, sin importarle que se volcara el café, salpicando la alfombra azul pálido de Alison, y se puso en pie. Dio vueltas en círculo, al principio como un inútil incapaz de actuar. Se agarró al borde de la mesa para tranquilizarse, tratando de calmar su corazón atronador, sus pensamientos desbocados.

Respiró profundamente.

«Por favor, por favor, tengo que estar equivocado».

Luego, recuperando algo la cordura, empujó la puerta en dirección a la cocina.

—¿Alison? —No hubo respuesta—. ¿Alison? —gritó de nuevo.

La cocina estaba en silencio salvo el sonido de un reloj que parecía raspar capas del alma de Slim con cada abrasivo tictac. Se acercó a la ventana de la cocina y se asomó a un cuidado jardín bordeado de bonitos macizos de flores. Y allí, en el centro, había un tendedero vacío, con sus cuerdas ondeando al viento creciente.

Slim miró eso fijamente, con su corazón palpitante y roto al mismo tiempo.

Se apresuró a ir hacia la puerta.

59

LA CASA PARECÍA ESTAR como la había dejado. Fuera, el viento sacudía los descuidados arbustos del jardín delantero, sus ramas secas susurraban. La puerta, que se había quedado abierta, crujía en su vaivén. Y la cerradura Yale todavía estaba cerrada, pero Slim ahora sabía que Alison tenía una llave.

La había visto entrar, dirigiéndose rápidamente al comedor, donde Slim había dejado su montón de notas. Había visto imágenes de ella sentada leyendo todo, para luego colocar los papeles como Slim los había dejado.

Un par de días después, ella había regresado para hacer lo mismo.

Se maldijo por no haberlo comprobado antes, pero ya era demasiado tarde para lamentarlo. Ellen estaba en peligro.

Fuera, la mañana cálida, casi primaveral, se había degradado rápidamente hasta convertirse en una galerna. El viento sacudía los árboles, agitando las ramas de un lado a otro. Slim entró e inmediatamente se agazapó mientras cerraba la puerta tras él, temiendo algún ataque.

No pasó nada. Dentro reinaba el silencio. Slim se arrastró hacia el pie de las escaleras.

Algo gris claro flotaba en el aire delante de él. Una pluma. Slim miró fijamente cómo se posaba en la parte delantera de su jersey. La arrancó, la arrojó a un lado y luego se puso en movimiento.

La puerta del dormitorio estaba cerrada y el rellano silencioso. Hubiera deseado tener un arma (cualquier cosa), pero era demasiado tarde para eso. Mantuvo los brazos abiertos mientras abría la puerta del dormitorio.

—¿Ellen?

Aún estaba allí, en medio del piso, sobre sus manos y rodillas, inclinada sobre un dibujo.

Slim respiró aliviado.

Estaba viva. Estaba a salvo.

Entonces se fijó en el dibujo.

La imagen que Ellen había estado dibujando era ahora un círculo negro. Ellen miró hacia arriba cuando él se puso en cuclillas y sus labios se curvaron hacia atrás.

Había algo junto a su mano, algo con un brillo apagado.

No tuvo tiempo para moverse cuando ella lo agarró y se abalanzó sobre él. Tenía encima su rostro gruñendo, con la mano del cuchillo atacando y la otra tratando de agarrar algo. Slim trató de rodar, de quitársela de encima, pero cuando se giró vio algo más agazapado en el estrecho espacio entre la cama y la pared.

Algo espantoso, con pico y plumas. Una carcajada seca resonó cuando le llegó un dolor agudo y caliente desde debajo de la axila izquierda. Sintió ese brazo repentinamente pesado e inútil. Ellen seguía gritando, pero él hizo lo único que podía hacer para detenerla: pasó su otro brazo alrededor de su cuello y la atrajo hacia sí.

Abajo, una puerta se cerró de golpe. Slim creyó oír a alguien decir su nombre.

Unas pisadas crujían en las escaleras. La puerta se abrió.

Tanto la visión de Slim como su fuerza estaban empezando a desvanecerse. Se aferró a una Ellen que luchaba, consciente de que estaba recibiendo más puñaladas con el cuchillo ahora atrapado entre ellos. Sentía pegajosa la ropa. Su cuerpo hormigueaba en algunos lugares, abrasando de calor en otros.

La puerta se había abierto y una sombra cayó sobre él. Una figura corpulenta vestida con un mono entró en la habitación. Tom. Slim miró fijamente y los ojos de su jefe se posaron sobre él, con la boca abierta por la sorpresa.

Incluso respirar le resultaba difícil. Slim levantó su débil y temblorosa mano izquierda.

—Dicky Bird —musitó.

La monstruosidad emplumada se lanzó desde detrás de la cama con un aullido chirriante. Pequeñas plumas revolotearon en el aire. Tom dio un grito ahogado de horror y cayó hacia atrás, tropezando con una caja de lápices y bolígrafos tirada en el suelo. Mientras resbalaba, se vio el reflejo de una pesada caja de herramientas que chocaba contra un lado de la cara de Dicky Bird como un mazo.

Algunas gotas de sangre salpicaron el rostro de Slim y las plumas volaron por el aire. Alguien gritó, alguien más estaba llorando y la voz de un hombre gritaba pidiendo ayuda. Entonces perdió el sentido y se desplomó hacia atrás en la oscuridad.

<h1 style="text-align:center">60</h1>

Pᴀsᴀʀ la Navidad en coma inducido fue en realidad una de las experiencias más memorables de Slim de la temporada navideña. Y agregar las cicatrices de cuatro puñaladas, incluida una que no le había alcanzado el corazón por un centímetro, sin duda le proporcionaría más temas de conversación que otro par de calcetines. Mientras se preparaba para un período de rehabilitación, incluida la recuperación del uso de su brazo izquierdo, que había sufrido un daño grave en el tendón, sólo podía reflexionar sobre la suerte que había tenido, dadas las circunstancias.

Recordaba poco de lo que había pasado después. Alison, vestida con su espantoso disfraz de Dicky Bird, había quedado inconsciente y Tom, dándose cuenta que era la verdadera culpable, la había atado antes de llamar a la policía. En ese momento, Ellen se había convertido en un desastre balbuceante, pero también se la había llevado la policía. Sólo unos días después, cuando Slim se había estabilizado lo suficiente como para dar su versión de los hechos y explicar con más detalle sus hallazgos a la policía, se supo la verdad. Él pidió que se retiraran todos los cargos contra Ellen, pero aun así, probablemente quedaría sometida a la Ley de Salud Mental hasta que pudiera evaluarse adecuadamente su estado y se le asignara un tratamiento.

El día de Año Nuevo, todavía postrado en cama en el Hospital Trelisk de Truro, recibió la inesperada visita de Tom Castle.

Su antiguo jefe dejó una bolsa de uvas en la mesita de noche y se encogió de hombros.

—De Margaret. Es muy tradicional.

—Gracias.

—Mira, ese radiador no funcionaba mal —dijo Tom, riéndose—. Lo había sangrado antes de que te mudaras, así que supuse que era otra cosa. Sólo por eso traje mis herramientas.

—Fue una suerte que lo hicieras.

Tom rio.

—Me preguntaba cuándo estarás listo para volver a trabajar.

—No creo que eso sea muy pronto. Voy a tener estar de baja por un tiempo.

—Es una pena. A pesar de todo, eres el mejor trabajador que he tenido en mucho tiempo. Lamentaré que no estés. Y la casa… puedes quedarte si quieres.

—Has sido mucho más amable conmigo de lo que merezco —dijo Slim—. Siento no haber sido sincero contigo. No quería que pasara nada de esto. Intenté dejarlo, pero soy un detective. Parece que está en mi sangre. Cuando Wendy me pidió que investigara la muerte de Richard, no pude resistirme.

Tom agitó una mano.

—Eso es agua pasada. Siempre tuve dudas con papá. No era del tipo suicida. Por cierto, me encontré con Wendy hace un par de días. Ha hablado con la policía, por supuesto, pero creo que está ansiosa por venir a verte y escuchar tu versión. —Puso los ojos en blanco—. Supongo que esta vez puedo perdonarle el cotilleo.

—Creo que se merece sus respuestas —dijo Slim.

Tom asintió con la cabeza.

—Creo que todos nos las merecemos. Y las hemos conseguido gracias a ti.

La policía había informado a Slim en los últimos días. Alison había confesado haber matado a Gerry y luego haber atormentado periódicamente a Ellen durante los últimos catorce años. Al desaparecer su fachada, había dejado al descubierto su alma, tal vez con la esperanza de una sentencia más leve.

—Todavía piensa a veinte años —dijo Tom, sacudiendo la cabeza—. Alison. Aún no puedo creerlo.

Cuando su esposo Andy llegó una noche a casa en un estado frenético y dijo que había perdido su vivienda ante Gerry Castle en una partida de cartas, Alison, presa del pánico, salió a hablar con Gerry. Gerry era presidente de la junta directiva de la escuela, por lo que ya se conocían bien. Demasiado bien en el caso de Alison, que había rechazado las insinuaciones de Gerry en un par de ocasiones.

Pero eso había resultado ventajoso para ella.

Saliendo a su encuentro en el camino a casa, primero trató de hablar con él y luego, desesperada, trató de convencerlo de otra manera. Cuando posteriormente Gerry insistió en que el pago parcial no era una forma en que permitía que se pagaran las deudas, Alison perdió la calma. Mientras él, riéndose, se subía la cremallera de los pantalones y se daba la vuelta para marcharse, ella fue tras él con una correa de perro que llevaba en el bolsillo del abrigo. El estrangular en la oscuridad a un desprevenido y borracho Gerry había resultado notablemente fácil; la sorpresa y la fuerza obtenida por la práctica de la escalada bastaron para dominarlo.

Lo arrastró fuera del camino y huyó de la escena del crimen.

Horas más tarde, en una mañana de lluvia y viento, atormentada por el miedo a que la descubrieran, había regresado, mejor preparada, había subido el cuerpo de Gerry al viejo roble y lo había colgado para que pareciera un suicidio.

Un patólogo honesto lo habría evidenciado, pero Alison había tenido suerte.

En lo que tuvo mala suerte fue al levantar la vista y ver a una niña pequeña observándola desde el borde del claro.

En los días que siguieron, Alison quiso ir a la policía y confesar. Andy, al saber que la niña era Ellen Maynard, la había disuadido.

Y una noche, ebria y aún temerosa de ser descubierta, después de escuchar los rumores en los pasillos de la escuela acerca de la máscara encontrada sobre el cuerpo colgado de Gerry, Alison, que enseñaba teatro, había ideado lo que al principio parecía un plan absurdo.

Acosar a una niña para hacerle dudar de su propia cordura al principio torturó el alma de Alison. Con el tiempo se convirtió en una rutina. Sin embargo, un día, después de haber seguido a Ellen y Richard a un parque, se volvió esencial.

Richard había salido de un montón de hojas y había visto a Alison sentada en un árbol, usando una de las muchas toscas máscaras de pájaros que fabricaría y desecharía a lo largo de los años. Alison supo de inmediato que su corazón se había parado. Ahora, con dos muertes sobre su conciencia, no le quedó más remedio que adoptar el personaje que su desesperación había creado.

—Es diabólico —dijo Tom—. Aún no puedo entenderlo.

—Ellen fue siempre la víctima —dijo Slim.

Tom suspiró. Slim se dio cuenta de que su antiguo jefe deseaba volver a su antigua rutina.

—Va a ser difícil reemplazarte —dijo—. Supongo que tendré que esperar a que Mick encuentre otro perro vagabundo deambulando por la playa. —Rio entre dientes—. O supongo que podría limitarme a poner un anuncio en el periódico local.

EPÍLOGO

LA JOVEN MIRÓ A SLIM, que caminaba con un bastón que lo hacía sentir diez años mayor que los cincuenta que tenía. Éste pasó por la puerta del café y se acercó cojeando a la mesa.

No se parecía a Ellen, pero eso era de esperar. Sin embargo, tenía mucho de Margaret: era guapa, pero poseía una dureza en sus rasgos que lo hizo sentir en presencia de un maestro a punto de entregar una amonestación. Ella sonrió, pero fue más un reconocimiento que una verdadera bienvenida.

—Le he pedido un café, señor Hardy —dijo Sarah Maynard, mientras él se acomodaba en su asiento.

—Gracias. Y gracias por aceptar verme. ¿Cómo está Ellen?

—El progreso es lento, pero mejora. Los médicos dicen que llevará años de terapia revertir el trauma que ha sufrido. Casi no puedo creerlo. —De repente, Sarah resopló y luego se secó un ojo—. Nunca la creí —dijo—. Siempre fue la favorita de papá, incluso después de que él... se diera cuenta de lo de Gerry. Era como si hubiera empezado a amarla más, como si pudiera hacerla suya simplemente amándola lo suficiente.

—Tu padre parece que fue un buen hombre.

Sarah se encogió de hombros.

—Tenía sus defectos, como todos. Pero no lo hizo mal. —Se inclinó hacia adelante—. Gracias por no presentar cargos.

—Alison la había convencido de que yo era el enemigo. Por eso me atacó.

—¿Sabe? mucho de lo que me ha dicho Ellen me resulta difícil de entender. ¿Algo sobre un hueco en lo alto de las escaleras?

Slim asintió.

—En su edificio. Era su lugar seguro, donde Dicky Bird no podía entrar. La llevé a un lugar donde no había hueco, por lo que Dicky sí que podía entrar. —Sacudió su cabeza—. Alison la manipuló muy bien.

—Me habló de la máscara. Dijo que la había encontrado en el cobertizo del jardín de Gerry.

Slim asintió.

— Él era directivo de la escuela. Las había estado haciendo para el festival de la cosecha de la escuela.

—Dijo que se la puso a Gerry porque su rostro se veía demasiado triste —dijo Sarah—. ¿No es una paradoja? Todos usamos máscaras, ¿no es así, señor Hardy? Es muy raro que mostremos quiénes somos de verdad.

—Espero que, con el tiempo, Ellen llegue a saber quién es realmente —dijo Slim—. Y espero que lleguéis a restablecer vuestra relación.

Sarah sonrió.

—Yo también lo espero. Gracias, señor Hardy.

La cafetería estaba llena y el camarero aún no había traído su pedido. Slim se puso en pie.

—Gracias por hablar conmigo —dijo—. Aguantaré sin el café. Probablemente debería tomar menos.

Sarah asintió con la cabeza.

—¿A dónde va? ¿Vuelve a Trelee?

Slim negó con la cabeza y luego sonrió sombríamente.

—Supongo que esperaré a que sople el viento —dijo—. Y veré dónde termino. —Mostrando una última sonrisa, se dio la vuelta y se fue.

Fin

NOTES

Capítulo 24

1. «Dicky bird» es una forma de llamar en inglés a los pájaros pequeños (N. del t.).

AGRADECIMIENTOS

Un agradecimiento especial a Mariano Bas y Ernesto García. El autor aprecia enormemente su arduo trabajo.

SOBRE EL AUTOR

Jack Benton es el pseudónimo para novelas de misterio de
Chris Ward, escritor de múltiples géneros de Reino Unido.

www.amillionmilesfromanywhere.net/tokyolost

chrisward@amillionmilesfromanywhere.net